Everything of
women's life
can be changed
in their twenties

여자의 모든 인생은 20대에 결정된다

실천편

남인숙 지음

랜덤하우스

실용적으로
세상을 사랑하는 여자

세상은 왜 이렇게 불공평한 것일까?

철이 들 무렵부터 이 말은 20년 가까이 내 삶에서 풀리지 않는 화두였다. 언제나 부족한 데 없는 친구들이 공부도 잘했고, 능력 있는 부모를 둔 아이들이 그 부모의 연줄로 과외 자리도 잘 얻어 더욱 풍족하게 지냈었다. 사회에 나와서는 더했다. 유복한 삶을 살던 사람들은 별어려움 없이 행복을 유지하며 사는 것처럼 보였고, 늘 삶의 전장에서 분투하는 건 이제까지 쭉 그렇게 살아온 사람들뿐이었다.

내가 《여자의 모든 인생은 20대에 결정된다》라는 책을 쓴 건 그 고민에 대한 해답을 찾았기 때문이었다. 문제는 '왜 불공평한가?'가 아니었던 것이다. 하늘이 위에 있고 땅이 아래에 있는 것처럼 세상은 원래 불공평한 것이고 거기엔 아무런 이유가 없다. 우리에게는 여건이 어떻든 간에 우리 자신을 멋지게 살게 해줄 의무가 있고 거기엔 변명의 여지가 없다.

이 책은 '고급한 속물'이 되는 법을 가르쳐주는 책이다. '고급한 속물'이란 환상과 이데올로기에 사로잡히지 않고 현실을 자기 편으로 만들며 사는 여자를 뜻한다. 그녀들은 꼴사납게 이기적이지 않고도, 그리고 비루하게 돈에 매달리지 않고도 현실을 향유할 줄 안다. 세상은 즐거운 곳이라는 생각으로 신나게 살려면 종류와 정도의 차이는 있으나 누구나 '고급한 속물'이 되어야 한다. 그러나 대한민국 20대 여자들이 모두 이런 삶을 살아야 한다고 강요하고 싶지는 않다. 내가 여기서 이야기하는 것은 여자가 행복하게 살 수 있는 확률이 높은 가장 쉬운 방법들이지만 이것을 택할 마음이 영 내키지 않는 사람들은 다른 방식으로 살 수밖에 없을 것이다. 다만 어려운 길을 선택하는 사람들에게는 보다 확고한 철학이 있어야 하며, 자신이 무엇을 포기하고 그 삶을 선택한 것인지는 분명히 알아야 한다. 그래야 자신의 선택에 대해 후회가 없을 것이며 그 길에서 다른 종류의 행복을 찾을 수도 있을 것이다.

전편을 집필할 때 많은 참고가 된 지인이 한 명 있었다. 그녀야말로 내가 지향하고 있는 진정한 고급 속물이다. 그런데 얼마 전 대화를 하다가 정작 본인은 자신이 지극히 현실적인 성격이라는 걸 전혀 모르고 있다는 사실을 알게 되었다. 그녀는 오히려 자신이 감정에 치우쳐서만 선택을 하는 맹한 성격이라고 믿고 있었다. 그 상황에 약간 당황했던 나는 곧 그녀야말로 타고난 고수라는 사실을 깨달을 수 있었다. 그녀는 고수로서의 자세가 성향과 성품으로 완전히 몸에 배어 있어서 '순수하게' 마음을 먹어도 항상 자연스레 현실적 선택을 하는 것이었다. 그것은 조목조목 따져 들지 않고 마음 가는 대로 선택해도 늘 자신에게 좋은 것들을 얻게 되는 경지였다.

따지고 보면 내가 이러한 책을 쓸 수 있었던 것도 그 자질을 일찍부터 체화하지 못했기 때문일 것이다. 천재 화가에게 '왜 그런 색깔을 선택했냐'고 물으면 '그냥 좋아서'라고 대답하는 것처럼 무언가를 타고난 이들에겐 그 재주에 대해 설명할 능력이 없다. '그 색깔이 배경의 명암과 어우러져 사물의 존재감을 부각시킨다'라는 식으로 말하는 건 언제나 평범한 인간인 비평가들이다. 나 역시 타고난 고급 속물은 못 되기에 그녀들이 잘 사는 이유를 분석할 수 있었던 것이다.

좋은 것을 선택하는 성향을 타고나는 게 최선이라면 후천적으로 그런 성향을 갈고닦는 건 차선이다. 그동안 많은 여자들이 자신을 불행하게 만드는 선택을 하는 성향을 당연시하고 그것을 '운명'이라고 받아들이며 살아왔지만 자신에 대해 조금만 더 알게 된다면 그런 운명도 바꿀 수 있다. 나 역시 생각을 바꾸면서 내 편으로 돌아선 운명을 등에 업고 신명 나게 살고 있는 참이다.

《여자의 모든 인생은 20대에 결정된다 2》는 전편에 이어 행복의 자질에 접근할 수 없었던 수많은 20대 여성들에게 불평등을 해소할 기회를 주기 위해 씌어진 책이다. 이번에는 보다 실질적인 지침을 위해 그동안 내게 보내준 독자들의 사연을 바탕으로 이야기를 꾸며보았다. 전편이 '밥상 차려다주기'였다면 이번 이야기는 '밥상 차려다가 밥 떠먹여주기' 쯤 될 것이다. 또한 전편처럼 선입견을 깨는 데 중점을 두기보다는 20대에 준비할 삶의 자세에 대한 본질적인 부분을 강조했다.

이 책을 통해 예전의 나처럼 운명이 자기 편이 아니라고 낙심하고 있는 20대 여성들이 실용적으로 세상을 사랑할 줄 아는 즐거운 속물이 될 수 있기를 바란다.

끝으로 이야기를 제공해주신 독자들과 여러모로 애써주신 랜덤하우스코리아에게 감사를 드린다.

2006년 9월
남인숙

"여자는 20대를 어떻게 보내느냐에 따라
삶의 질이 결정된다"

Chapter 1

운명을 마주하는 우리의 자세

우리가 지금 먼저 해야 할 일은 언제 어디서 길을 잘못 들더라도
다른 길을 찾아서 갈 수 있는 목적지를 정하는 일이다.
당신에게는 어떤 상황이 되더라도
포기하고 싶지 않은 미래의 삶의 모습이 있는가?
그렇다면 어떤 잘못된 선택을 저지르더라도
현명한 두 번째 선택을 하기가 훨씬 쉬워질 것이다.

여자, 현실을 껴안아라

고수는 세상을 두려워하지 않는다

나는 공포영화를 잘 보지 않는다. 이유는 간단하다. 무섭기 때문이다. 호기심을 못 이겨 몇몇 공포영화를 보고서 며칠 심란한 잠자리를 겪었던 경험에 의하면 일본 공포영화가 가장 무서운 것 같다. 세계 최고의 특수효과와 노련한 흥행사들의 머리에서 나온 정교한 시나리오의 결정체인 할리우드 공포영화가 그보다 못한 이유는 무엇일까? 그건 바로 '모호함' 때문인 듯하다.

일본 공포영화에는 도무지 친절한 설명이 없다. 원혼이 사람을 해코지하는 이유나 과정도 뚜렷하지 않고 주인공이 악령을 물리치는 등의 통쾌한 결말도 없다. 할리우드 영화에 단골로 등장하는 '법칙' 같은 것도 없다. 심지어 영화가 끝날 때까지 원혼의 모습 한 번 제대로 보여주지 않는다. 한마디로 정보 제공에 인색하다. 신기한 건 그렇게 구렁이 담 넘어가는 것 같은 대충대충 내러티브가 너무나 효과적으로 사람 간을 오그라들게 만든다는 것이다.

  사람을 정말 두렵게 만드는 것은 공포의 실체가 아니라 그 실체에 대한 무지다. 20대가 불안하고 고통스러운 건 자신이 이제 막 발을 내딛기 시작한 세상에 대해 잘 모르기 때문이다. 물론 공포를 원천적으로 차단하려면 세상에 대해 아예 모르면 된다. 하지만 20대가 되어서도 세상에 대해 아무것도 모른다면 그 사실 자체가 또 하나의 공포가 될 것이다. 어차피 세상과 고립되어 살 수 없을 바에야 그 실체를 확실히 알아두는 편이 낫다.

  그러나 많은 20대 여성들은 아직도 자신도 모르게 세상 알기를 거부하곤 한다. 공포영화의 주인공이 공포의 실체에 접근하기를 두려워하듯, 막연해서 더 두려운 현실을 마주하기를 기피한다. 그리고 현실에 비껴서 있는 자신을 순수한 사람, 혹은 자신만의 세계를 갖고 있는 심지 굳은 사람이라고 생각한다.

  사실 현실 자체는 천국도 지옥도 아니다. 세상이 기쁨과 슬픔, 아름다움과 추악함, 희락과 고통이 공존하는 곳이라는 것을 깨달은 고수로서의 속물은 자신이 어떤 면의 세상을 선택하느냐에 따라 삶이 달라진다는 것 또한 잘 알고 있다. 그래서 세상에 대한 두려움도 없다. 그들은 이왕이면 긍정적인 세상을 살기로 선택해 생기발랄하게 살고 들 있다.

자신에게 필요한 것을 진심으로 원하라

러시아의 가난한 농가에서 태어나 자랐지만 지금은 세계적인 스타가 되어 있는 어느 슈퍼모델이 인터뷰에서 이런 말을 하는 것을 본 적이 있다.

"많은 돈을 벌고 나서야 돈이 가장 중요한 게 아니라는 걸 알게 되었어요."

돈으로 할 수 있는 일은 모두 해보았을 그녀의 입에서 나온 말이기에 가슴에 와 닿았었다. 그런데 같은 기사를 보던 한 지인은 이렇게 말하는 것이었다.

"흥. 이럴 거면서 돈은 왜 벌었대? 있는 것들의 위선이란…!"

우리는 한 번도 연애를 해보지 못한 친구가 사랑이 부질없는 것이라고 말하면 드러내놓고 비웃는다. 그런데 희한하게도 한 번도 부자가 못 되어 본 청빈한 사람이 돈은 소용없는 것이라고 하면 결코 비웃지 않는다. 오히려 고개를 끄덕이며 귀를 기울인다.

나는 얼마 전 십여 년 만에 진공청소기를 최신 기종으로 바꾸었다. 예전 것이 불편한 줄은 몰랐었는데 막상 새 청소기를 써보니 눈앞에 새로운 세상이 펼쳐지는 것 같았다. 어찌나 청소가 잘 되는지 쓸 때마다 새롭게 놀라고 있는 중이다. 청소기 하나도 더 나은 것을 직접 써보는 것이 이렇게 생각과 다를진대, 물질적 가치가 열어주는 또 다른 세상을 경험해보지 못한 사람이 어떻게 그 허무함을 알 수 있겠는가.

당신이 지금 남들이 다 좋다고 하는 것들을 모두 갖추고 있지 않다면 그것들이 허무한 것이라며 미리 재단하지 말라. 그것들이 열어주는 새로운 삶의 국면들을 만나기도 전에 거부하지 말라.

부자만이 돈이 부질없다 말할 자격이 있다는 말은 맞다.

요즘 20대 여성들은 그 누구도 남루하게 살기를 원하지 않는다. 그런데 다른 한 편으로는 돈, 명예, 안락한 생활 같은 것들을 부질없다며 바라지 않는 마음도 갖고 있다. 정리하면 '내가 원하지도 않았는데 하늘이 내 욕심 없음에 감동하여 잘 살게 해주기'를 바란다는 이야기가 된다. 그러나 그것은 조선 시대 민담에나 등장하는 해피엔드다. 오늘날 연못의 신령에게 금도끼를 얻으려면 단순히 '그 도끼는 제 도끼가 아닙니다.'라고 정직하게 말하는 것만으로는 어림없다. 21세기 나무꾼이라면 신령이 금도끼를 보였을 때 '그게 제 것은 아닙니다만, 저한테 주시면 해마다 정성껏 제사를 드려 드릴게요.'라고 설득할 것이다.

세상에 원하지도 않는데 저절로 이루어지는 일이란 없다. 기대도 안 했던 행운이 간혹 찾아오기는 하지만, 그건 단편적인 사건일 뿐이지 그 사람의 삶의 모습을 바꾸어주는 것은 아니다. 고급한 속물은 옛 어른들의 말씀에 어긋나게도 분수에 넘치는 것을 원하고, 송충이 주제에 과일 먹기를 꿈꾼다. 뱁새면서 학의 걸음을 따라가기를 바란다. 중요한 것은 그들이 현재 가진 것도 소중히 여길 줄 안다는 것이다. 솔잎을 맛있게 먹으면서 언젠가 과일 먹을 날을 꿈꾸며 체질 개선을 해나가는 송충이, 그것이 마땅히 꾸어야 할 꿈을 꾸며 현재도 즐겁게 살아가는 영민한 여자의 모습이다.

멋진 여성들을 만날 때, '그 사람 참 근사하네.' 하고 감탄하게 되는 사람이 있고, 감탄을 넘어서서 '부럽다. 나도 저렇게 살고 싶다.' 라는 생각이 드는 사람이 있다. 후자에 속하는 사람은 어김없이 영리한 현실주의자로서의 미덕을 갖춘 여성들이다. 물론 그녀들 자신은 꿈에도 자신을 속물이라고 생각하고 있지 않은 경우가 대부분이지만 말이다.

후회가 적은 삶, 자신이 원하는 삶을 살고 싶은 여자라면 윤리 교과서가 가르치는 가치를 넘어서 자신이 원하는 것 그대로를 망설임 없이 원할 수 있어야 한다. 앞으로도 그 방법에 대해 누누이 이야기하겠지만 원하는 것은 반드시 이룰 수 있다.

똑똑한 여자가 많은 세상은 아름답다

종종 '속물이 되라'는 책이 이렇게 많이 팔리다니 말세'라며, 내 책을 사는 죄 없는 젊은이들을 탓하는 말을 들었다. 어떤 처녀들은 맑은 눈초리를 굴리며 '여자들이 모두 이렇게 되어 버리면 세상이 너무 삭막해지지 않을까요?' 하고 물어오기도 했다. 그러나 속물이 되기에 앞서 대한민국의 앞날을 걱정할 필요는 없을 것으로 보인다.

여기서 말하는 속물은 단물만 빼먹고 동료를 토사구팽시키거나 결혼하지도 않을 남자를 희롱하다 죄책감 없이 버리는 여자들을 뜻하는 게 아니다. 이런 여자들은 하수다. 여기서 주목할 건 남을 희생해 쌓은 내 이익은 언젠가 반드시 내게 손해로 돌아온다는 것이다. 그렇게 따지자면 '현실적 가치에 충실한 사람을 낮추어 이르는 말'이라는 속물의 사전적인 의미에 더욱 가까운 것은 나와 남을 모두 아낄 줄 아는 고수일 것이다. 나도 남도 죽이는 어리석은 삶을 사는 하수에게는 '속물'이라는 말조차 아깝다.

정말 똑똑한 현실주의자의 경지에 오른 여자는 세상의 중심에 자신을 둘 줄 안다. 자신을 가장 사랑한다. 그러나 남도 사랑한다. 그리고 어떤 이데올로기에 빠져 나와 남을 구분하지 못하는 오류를 범하지도 않는다. 남들이 잘되고 잘 살아서 나까지 덕을 보게 되는 세상 이치를 알고 즐길 줄 안다. 차들이 뒤엉켜 그 누구도 빠져나가지 못하고 있는 골목길에서 누군가 먼저 양보하며 길을 틔웠다면 그날 당신은 영리한 현실주의자를 만난 것이다. 자기 자신이 기분 좋아지기 위해 다른 사람에게 호의를 베풀었다고 당신에게 돌을 던질 사람이 누가 있겠는가.

고수 현실주의자를 하수 속물과 구분 짓는 가장 큰 특징은 정말 자신을 위한 것이 무엇인지 아는 영리함과 자신과 남을 생각하는 진심이다. 똑똑하고 거짓 없는 여자들이 많은 세상, 그래서 덩달아 남자들도 경쟁력을 갖추게 되는 사회가 된다면 꽤 살 만하지 않겠는가.

고급 속물이 되려는 그대, 안심해도 된다.

내 앞의 돌을 치워라

돌은 결국 내가 갖다 놓은 것이다

작년에 대학을 졸업한 Y는 친구들 사이에서 '남자 복이 지지리도 없다.'는 말을 자주 듣는다. 사교성이 좋은 편이라 주변에 사람이 많고 소개를 주선하는 사람도 많은 그녀이지만 아직 한 번도 누군가를 제대로 사귀어본 적이 없다. 소개받는 자리에 나오는 사람은 이상할 정도로 하나같이 매너도 외모도 엉망인 사람들이고, 주변에 끌리는 사람이 있으면 반드시 '임자'가 있는 것이었다. 어쩌다 다가오는 남자들이 있어 잠시 만나보기도 했지만 알고 보면 성격이 이상한 사람인 경우가 많아 즉시 헤어지곤 했다. 그녀가 생각하기에 자신은 친구들 말대로 운명의 희생양이었다. 아니나 다를까 재미로 가본 사주카

페에서도 그녀는 애정운이 없다는 말을 들었다. Y는 연애를 하고 싶었다. 외로운 것도, 남자친구에 대해 수다 떨고 싶어 안달인 친구들이 자신의 눈치를 보는 것도 싫었다. 인기가 많은 것은 바라지도 않았다. 그저 자기 모습 그대로를 사랑해줄 한 사람을 만날 수만 있다면 좋을 것 같았다.

어느 날, 그녀는 회사의 절친한 여자 선배가 남자친구가 있는 동기에게 억지로라도 소개팅에 나가달라고 부탁했다는 것을 알게 되었다. Y는 선배가 왜 혼자인 자기를 두고 남자친구가 있는 M에게 그랬는지 섭섭하기도 하고 궁금한 마음도 들었다. 그러다 우연히 선배의 전화 통화 내용을 듣고 전말을 알게 되었다.

"… 남자친구의 친구가 요즘 나만 보면 누구 소개 좀 해달라고 조르잖아. 우리 그이 체면 때문에 시켜주기는 해야겠는데 주변에 해줄 만한 여자가 있어야지. 사람은 아주 괜찮은데 눈이 너무 높아서… 아무나 소개시켜주고 욕 먹는 것보다는 차라리 괜찮은 여자한테 거절당하는 게 내 입장에서는 낫지… 회사 후배한테 그냥 적당히 기회 봐서 정중하게 거절하라고 부탁해 놨어…"

선배가 말하는 '주선자의 낯을 깎을 만큼 형편없는 여자'에는 자신도 포함되어 있었던 것이다. 자신이 그런대로 괜찮은 여자라고 생각해왔던 그녀는 충격을 받았다. 그 일을 계기로 여러 사람에게 자신에 대한 냉정한 평가를 구한 Y는 자신의 박복함의 원인이 운명이 아닌 자신에게 있었음을 알게 되었다. 그동안 자기 스타일이라고 생각해서 고치려 들지 않았던 패션과 말투, 남을 대하는 태도 등이 남자들이 싫어하는 그대로였던 것이었다. Y는 연애 잘하는 친구가 충고 끝에 덧붙였던 말이 가슴에 꽂혔다.

"지금의 네 스타일이 좋으면 고수해야지. 나는 네 스타일이 맘에 들어. 진심이야. 하지만 그런 네 개성을 사랑해줄 드문 남자를 만나 연애하려면 50년은 기다려야 할 거야."

친구의 충고를 받아들여 자신을 바꾸어본 Y는 2주일 만에 남자 친구가 생기는 극적인 경험을 하게 되었다.

미리 말해두지만 이건 '남자 친구 만드는 법'에 대한 이야기가 아니다. 자신의 취향보다 남자들의 시선에 맞춰 옷을 입고 행동하라고 강변하는 것은 더더욱 아니다. Y의 경험담에서 우리가 주목해야 할 것은 그녀의 인생 앞에 장애물로 가로놓인 '외로움'이라는 돌과 그녀 자신의 관계다.

이 세상을 살아가는 사람이라면 누구나 자신이 가야 할 길을 막아선 큰 돌을 만난다. 대부분의 사람들은 돌을 옮기려고 끙끙대보다가 이내 포기하고 절규한다.

"이 돌 대체 누가 갖다 놓은 거야??!!!"

그런데 알고 보면 그 돌은 대개 그 자신이 갖다 놓은 것이다. Y의 경우, 그녀 자신은 운이 없어서 매너 없고 못생긴 사람만 만나게 되었다고 생각했지만 그게 아니었다. Y가 남 보기에 매력 없는 사람이었기에 주선자들이 그에 걸맞은 만만한 사람을 소개시켜주어 맘에 안 드는 사람만 만난 것이고, 어쩌다 사귀게 된 남자들도 금세 성격적 결함을 보여 헤어지게 된 것이었다. 나중에 좀더 자세히 이야기하겠지만 남자들에게는 오로지 '착해서' 사귀게 된 연인에게는 함부로 대하는 습성이 있다.

사람들이 자신의 삶에 불평하면서도 더 나아지지 못하고 그대로 사는 것은 그 돌을 갖다 놓은 게 자신이라는 것을 끝까지 인정하지 못하기 때문이다. 일에서 오랫동안 지지부진인 사람은 그곳이 적성에 맞지 않거나 노력하지 않거나 노력의 방향이 잘못되었거나 셋 중 하나이고, 책임감 없는 남자에게 매번 이용당하는 여자는 상대방이 이용하게 내버려두기 때문에 그런 고초를 겪는 것이다. 다른 사람이 그 돌을 갖다 놓으라고 시켰다는 둥, 그 상황에서는 돌을 갖다 놓을 수밖에 없었다는 둥 하는 것은 모두 변명일 뿐이다. 수천 가지 이유를 든다 해도 변하지 않는 단 하나의 사실은 결국 돌을 갖다 놓은 장본인이 자기 자신이라는 것이다.

내 길 위의 돌을 치울 수 있는 건 자기 자신뿐이다

돌을 가져다 놓은 것이 자기 자신이라는 것을 인정할 수 있다면 첫 단계는 통과한 셈이다. 그런데 이게 말처럼 쉽지는 않다. 아마 변화를 가져온 그 사건이 있기 전에도 Y는 비슷한 주위의 충고를 종종 들었을 것이다. 그러나 귀담아듣기는커녕 남의 스타일에까지 간섭하는 충고자를 못마땅해했을 것이다. 이렇게 객관적으로 보면 그 인과관계가 분명한 일에도 사람들은 자기 일에 있어서는 불행과 그 원인을 제대로 연결지어 생각하지 못한다. 사람들에게는 누구나 스스로 '소신'이라고 착각하고 있는 '고집'이 있기 때문이다.

사람은 본능적으로 자기가 취해왔던 태도를 고수하려고 하는 습성이 있다. 고집이 하늘 끝에 닿을 듯한 나이 지긋한 어른들뿐 아니라 젊은이들도 마찬가지다. 이들은 '소신'을 지키기 위해서 자신이 일정하게 유지해왔던 태도에 온갖 정당성을 부여한다. 이 소신에 너무 충실하다 보면 자신의 선택을 객관적으로 바라볼 수 있는 눈을 잃어버리게 된다. '나 자신이 이런 신념을 가진 사람이며, 누가 뭐라고 해도 흔들리지 않는 줏대 있는 사람'이라는 자부심을 얻기 위해서라면 그 어떤 불이익도 감수하게 되는 것이다. 따라서 그 태도가 자기 인생의 돌이라는 것도 알지 못한다. Y가 남자들이 싫어하는 행동은 골라 하면서 남자친구가 없는 걸 운명의 탓으로 돌렸듯 말이다.

가까스로 돌을 갖다 놓은 게 자신이라는 걸 인정했다면 이제 치울 차례다. 이때 모든 불행이 자기 탓이라는 막연한 생각으로 자기혐오에 빠지면 곤란하다. 돌을 갖다 놓을 수 있었다면 치울 수도 있다는 뜻! 냉정하게 자신을 바라보고 자신의 어떤 부분이 곤란을 자초한 것인지 알아낼 수 있어야 한다.

사람들은 인생의 장애물이 너무나 버거워서 그 재앙을 자신이 불러들였다는 책임감과 수치심까지 감당하지 않으려고 한다. 특히나 여자들은 정확한 돌의 정체도 모른 채 자꾸만 '누가 나 대신 이걸 좀 치워줬으면 좋겠다.'라고만 생각한다. 하지만 어느 누구도 남의 인생에 놓인 돌에는 관심이 없고, 관심을 갖게 된다고 해도 그 일을 대신 해줄수는 없다. 길가에 놓여진 돌이라면 그게 제아무리 크다 해도 누구든 크레인만 가져오면 다른 곳으로 옮겨 놓을 수 있겠지만 삶의 길에 놓인 돌은 다르다. Y의 친구처럼 어느 정도 도움을 줄 수는 있겠으나 어디까지나 돌을 치우는 사람은 그 자신인 것이다.

성공한 사람들은 언제나 자기 앞의 돌을 스스로가 망설임 없이 치우고 남보다 멀리 전진한 사람들이다. 다행스럽게도 그러한 소양은 타고난 지능이나 높은 학력과는 별 관계가 없어 보인다. 오히려 겸허히 자신을 바라볼 수 있는 사람들이 더 멀리 나아간다. 오만한 사람은 끝내 돌을 보지 못한다. 끊임없이 자신을 돌아보다 보면 진정한 소신과 소신을 가장한 고집을 구분할 수 있는 능력도 생길 것이다.

나머지 인생을 결정짓는 중요한 선택들을 시작하는 20대에 자기 인생의 돌을 스스로 치우는 습관을 들이면 보다 나은 삶을 살게 될 것은 당연한 일이다. 이를 위해서 먼저 작은 돌부터 치워보기를 권한다. 늦어서 택시를 타면 꼭 신호마다 걸려서 결국은 늦게 된다고 불운을 탓하지 말고 약속시간보다 10분 일찍 나서는 걸 버릇 들이자. 돈만 생기면 꼭 목돈 나갈 일이 생겨 모으지를 못한다고 불평하지 말고 월급 받는 즉시 저축부터 하자.

운명을 바꾸는 건 쉽지는 않지만 생각만큼 어려운 일도 아니다.

선택을 남에게 떠넘기지 말라

결정적인 순간에 사라지는 여자들

리서치 회사에서 일을 하는 한 지인은 자신도 그 시기를 지나왔지만 종종 여대생들을 이해 못 하겠다고 말한다. 아르바이트로 여대생을 쓸 때 대체로 그들은 성실하고 협조적이지만 가끔 이해가 안 가는 행동으로 골치를 썩인다는 것이다.

그녀가 하는 일은 기업에서 의뢰를 받으면 조사 대상을 모집해 좌담회를 열고 상품에 대한 의견을 묻는 것이다. 회의실에 나와 한두 시간 자기 생각을 말하기만 하면 몇 만 원의 사례금을 받기 때문에 많은 사람들이 기회만 있다면 이 좌담에 참석하고 싶어 한다고 한다. 그럼에도 불구하고 늘 사정이 생겨 갑자기 참석을 못 하게 되는 사람이 나오기 마련이어서 이럴 때를 대비해 섭외할 대상을 넉넉하게 확보해 둔다는 것이었다. 그런데도 가끔 인원을 채우지 못한 채 좌담회를 개최하게 될 때가 있는데 그 주범이 여대생들인 경우가 많다는 것이다.

한번은 좌담회가 열리는 당일 확인 전화를 하는데 여대생 한 명이 통화가 안 되더라는 것이었다. 정황으로 보아 전화를 피하고 있는 것 같아 보였다. 여러 번 전화를 해보다가 겨우 통화가 됐는데, 그녀는 "제가 지금 일이 있거든요, 나중에 전화 드릴게요." 하고 재빨리 전화를 끊었다. 하지만 기다려도 전화는 오지 않았다. 간신히 좌담회 시작 시간이 다 되어서 통화가 이루어졌을 때 그 여대생이 이렇게 말했다.

"제가 사실은 그 시간에 중요한 수업이 있거든요. 그래도 좌담회에는 꼭 참석하고 싶은데… 친구들이 이번 수업에는 빠지면 안 된다고 하고… 제가 어떻게 하면 될까요?"

그녀는 순간 전화기에 대고 이렇게 소리 치고 싶었다고 한다.

'그래서 나더러 어쩌라고!!!'

사실 사람들은 '호모 사피엔스' 라는 말이 무색할 정도로 생각하는 것을 싫어한다. 그래서 생각을 필요로 하는 선택의 상황을 골치 아파한다. 위와 같은 상황이라면 아르바이트냐 수업이냐의 선택을 빨리 끝내 고통스러운 생각의 고문에서 벗어나고 선택에 대한 책임을 지는 게 상식에 맞다. 리서치 회사 직원이나 다른 잠재적인 참석자를 위해서도 그게 도리다. 그런데 여자들은 종종 이처럼 말도 안 되게 선택을 미루다가 남까지 피해를 보는 결과를 초래하기도 한다. 남자들은 여자들보다 더 생각하기를 싫어하지만 결단은 빨라서 이런 종류의 민폐를 끼치지는 않는다.

물론 모든 여자들이 위의 상황처럼 어처구니없는 행동을 보이는 건 아니다. 그러나 많은 여자들이 무언가 선택하는 것에 대한 두려움을 갖고 상황을 질질 끄는 것 같기는 하다. 여자는 늘 누군가가 대신 선택을 해주게 되어 있는 문화의 영향일 수도 있고, 스스로 나서 선택을 하는 여성상에 적응이 안 되어 있어서 그러는 것일 수도 있지만 분명한 건 그런 태도가 여자의 불행을 낳는 주요 원인이 된다는 것이다.

그녀들은 모순되게도 어떤 뭉뚱그려진 태도에 대해서는 고집스레 일관성을 지키다가도 막상 결정적인 선택의 순간에 이르면 어디론가 모습을 감추고 그 상황을 모면하려고 한다. 생각할 시간이 필요해서 그러는 거라고 말하기도 하지만 그녀들은 끝끝내 신통한 선택을 해내지 못하고 대충 상황에 실려 가려 한다. 제대로 생각을 하지도 못하면서 고통스럽기만 한 시간을 연장한 셈이 되는 것이다.

이런 습관이 인생의 방향을 결정하는 기로에서 무언가 중요한 선택을 해야 할 때 악영향을 미칠 것은 불 보듯 뻔한 일이다. 그런데 선택을 회피하는 것보다 나쁜 것은 남에게 선택을 미루고 그 결과에 대한 책임에서 벗어나려고 하는 것이다.

어쨌든 내 탓은 아니야!

S는 요 근래 친구 때문에 아주 피곤했다. 친구는 근 1년간 '사랑 때문에 고통받는 비련의 여인'이었다. 지금 사귀고 있는 남자친구가 전에 사귀던 여자와 관계를 청산하지 못하고 자꾸만 사건을 일으키는 것이었다. 그때마다 친구는 S에게 하소연을 하며 자기한테 왜 이런 일이 생기는지 모르겠다고 울먹이곤 했다.

한 달 전에는 일이 아주 크게 터져서 그 둘이 함께 밤을 보냈다는 사실까지 밝혀지자 친구는 남자친구와 헤어지겠다고 펄펄 뛰었다. 술 사달라고 불러내 끝없는 푸념을 하는 친구 때문에 며칠째 수면부족에 시달리면서도 S는 '드디어 옆에서 보기에도 지긋지긋한 그 관계도 끝이겠구나' 싶어 마음이 놓였다. 그런데 며칠 후, S는 친구에게서 남자친구와 화해했다는 뜻밖의 말을 듣게 되었다.

"오빠가 그러는데 그날 그 여자하고 아무 일도 없었대. 나를 사랑하니까 이제 그만 떠나달라고 밤새 설득한 거라고 하더라고. 그러면서 다시 시작하자고, 앞으로 더 잘하겠다고 그러잖아."

어째 드라마에서 많이 본 것 같은 상황이라고 말하고 싶은 것을 꾹 참고 S는 그 말을 믿을 수 있냐고, 나중에 후회하지 않겠냐고 물었다. 그러자 친구는 이렇게 말했다.

"오빠가 어찌나 간절하게 매달리는지 뿌리칠 수가 있어야지."

S가 그래도 신중하게 생각해보라고 충고했지만 그녀는 별로 새겨

듣는 것 같지 않았다.

한 달 후, 친구의 '오빠'는 이전의 여자친구를 도저히 잊을 수 없다 며 이별을 통고해왔고 드디어 둘은 완전히 헤어졌다. 또다시 S를 못 살게 굴며 눈물로 신세타령을 하는 친구는 같은 말만 되풀이했다.

"내가 뭘 잘못했길래 이런 일을 겪는 거야? 나한테 무슨 죄가 있길 래… 난 아무 잘못 없다구."

언뜻 S의 친구는 정말로 죄 없는 순백의 희생양으로 보인다. 하지만 그녀에게 정말로 아무 잘못이 없는 것일까? 결론부터 말하자면 그녀 는 남자친구의 부정을 알았을 때 자기 앞의 문제에 대한 선택권을 상 대방에게 넘겨주는 중대한 잘못을 저질렀다.

그녀는 먼저 상대방을 사랑하는 마음과 배신감 사이에서 극심한 고 통을 겪어야 했다. 그런데 그 상황에서 상대방이 강력하게 용서할 것 을 설득하고 나선 것이었다. 이제 그녀가 용서를 하기만 하면 용서냐 이별이냐 하는 끔찍한 선택의 기로에서 벗어나게 되고, 배신감도 치 료받을 수 있다. 그녀로서는 그게 더 쉬운 일이다. 그래서 마음 깊은 곳에서는 내키지 않지만 상대방을 믿어주기로 결심한 것이다.

이렇게 해서 그녀는 마땅히 이별을 선택해야 하는 상황에서 남에게 칼자루를 넘겨준 것이다. 그것도 적에게! 군대에서 지휘관은 결정을 내려주는 일을 하는 사람이다. 결정권을 적에게 내어준 지휘관은 전장에서 사형감이다. 그런데 내 인생의 총사령관인 내가 도무지 자기 의지로 결정을 내리지 못한다면 그게 어떻게 죄가 아니겠는가.

정말 이상하게도 여자들은 선택의 상황을 피하기 위해서라면 어떤 희생이라도 치르려고 하는 것 같다. 그건 아마 선택 뒤에 따르는 책임을 에이즈만큼이나 두려워하기 때문인 것 같다. S의 친구는 책임을 지지 않으려는 그녀의 원대로 모든 잘못을 불성실한 남자친구에게 돌릴 수 있었다. 모든 잘못은 이제 그에게 있다. 하지만 그래서 그녀에게 이득이 되는 게 뭐가 있는가? 누구에게 책임이 있건 간에 그 선택 뒤에 오는 후유증은 오롯이 그녀 혼자서 감당해야 한다.

남에게 선택을 미루고 책임을 지지 않으려는 습관이 정말 나쁜 이유는 발전의 싹을 아예 잘라버리기 때문이다. S의 친구는 헤어진 남자친구와의 관계에서 자신은 전혀 잘못한 게 없다고 생각하기 때문에 앞으로도 똑같은 방식으로 사람들과의 관계를 만들어나갈 것이다. 같은 원리로, 일에 있어서도 인격적인 면에서도 더 나아지기를 거부하게 될 것이다. 나이가 들어서도 어른스러워지지 않는 사람들의 공통점이 바로 스스로 선택하지 않고, 스스로 책임지지 않는 것이다. 이런 사람들에게, 살면서 잘못 꼬이는 모든 일은 남의 탓이며 운명 탓이다.

사실 선택을 회피하려는 것이 사람의 본능에 더 가깝기 때문에 우리는 언제든 선택의 상황을 피해 도망가고 싶은 유혹을 받는다. 그럴 때마다 명심하자. 인생의 모든 좋은 것은 내가 그것을 선택하지 않으면 절대로 곁으로 와주지 않는다는 것을 말이다.

운명을 결정하는 것은
잘못된 선택 후의 선택이다

누구나 잘못된 선택을 할 수 있다

사람은 하루에도 수십 번씩 크고 작은 선택의 기로에 놓이는데, 그 때마다 사람들은 자기가 가장 좋은 것을 선택한다고 믿는다. 그러나 실상은 그렇지 않다. 사람들은 이제까지 자신이 살아온 방식이나 취향에 따라 가장 익숙하고 가장 편한 것을 선택하게 되어 있다. 설령 그 선택이 자신에게 이롭지 못한 것이라고 해도 말이다. 그런데 본인은 그것을 잘 의식하지 못한다. 우리는 너무 바쁘고 생각할 것도 많아서 그 모든 선택의 의미를 분석할 수가 없다.

대부분의 선택은 무의식적으로 거의 자동적으로 이루어진다. 그런데 무서운 것은 그런 선택의 자동성은 제과점에서 머핀 대신 크루아상을 고르는 것 같은 작은 선택뿐 아니라 진로나 결혼 같은 커다란 선택에도 영향을 미친다는 것이다. 우리가 운명이라고 믿어왔던 삶의 방향의 실체는 다름 아닌 선택의 성향인 것이다. 그렇기 때문에 만약 당신이 방송사 아나운서가 되고 싶다면 마음속으로는 이미 아나운서가 되어 있어야 한다. 그것은 피나는 노력만큼이나 필요한 일이다. 당신은 마치 타임머신으로 다녀온 미래에서 아나운서가 되어 있는 자신을 보고 온 것처럼 스스로를 능력 있는 아나운서로 대접해주어야 한다. 그래야 꿈을 이루기까지 해야 하는 수만 가지 선택들이 당신을 아나운서의 길로 인도할 것이다.

그러나 아무리 좋은 선택을 할 줄 아는 사람이라고 해도 가끔은 잘못된 선택을 할 수 있다. 때로는 그것이 결코 돌이킬 수 없는 것처럼 생각될 만큼 심각한 실수일 때도 있다. 그럴 때 기껏 다잡았던 마음이 무너지며 다시 한 번 운명의 무게를 느끼게 되는 것이다. 다음의 이야기를 내게 들려준 M도 이런 상황에 처해 있었다.

M은 사진 찍는 것이 좋았다. 어차피 먹고살기 힘든 세상, 이왕이면 사진 찍는 일을 직업으로 삼고 싶었다. 사진학과에 진학해서 사진을 배우고 같은 과를 나온 선배 작가의 어시스턴트로 일을 할 무렵, 그녀는 지금의 남편을 만나 사랑에 빠지게 되었다. 그가 청혼을 했을 때 그녀는 많이 망설이긴 했지만, 결혼해서도 하고 싶은 일을 얼마든지

할 수 있도록 지원해주겠다는 말을 믿고 그 청혼을 받아들여 이른 나이에 결혼을 했다.

그러나 결혼하고 얼마 지나지 않아 그녀는 자신이 잘못된 선택을 했다는 것을 알게 되었다. 남편은 결혼 전의 약속을 지키려고 노력해주었지만 시댁이 문제였던 것이다. 시댁에서는 처음부터 돈벌이는 안 되면서 집을 비우는 일도 많은 그녀의 직업을 못마땅해했다. 시부모는 그녀가 전업주부로 들어앉아 살림을 제대로 하거나 돈을 벌 수 있는 다른 직업을 구할 것을 종용했고, 그녀가 말을 듣지 않자 엄청난 정신적 압박을 가해오기 시작했다. 그녀가 감당해야 하는 박대는 아침 연속극에 단골로 등장하는 표독한 시어머니가 가하는 구박 못지않았다. M은 스트레스로 불면증과 우울증에 시달리게 되었다. 그 모든 고통의 원인이라고 생각해서인지 남편에 대한 애정도 식어가고 있었다.

시어머니에게 '식충이 같은×'라는 욕설을 들은 날, M은 이제 잘못된 선택의 결과에 따른 또 다른 선택을 해야 할 때라고 생각했다. 대충 정리를 해보니 자신이 선택할 수 있는 건 세 가지 정도였다. 잘못된 선택을 고스란히 되돌려 이혼을 하든지, 죽기보다 싫지만 꿈을 포기하고 전업주부로 들어앉든지, 경리 자리 등을 알아보고 돈을 벌어오든지…. 그러나 셋 중 어느 것도 선택하고 싶지 않았다. 아직은 이혼할 만큼 남편이 싫은 것도 아니었고, 젊은 나이에 하고 싶지도 않은 일을 억지로 하며 살기도 싫었다. 그러자 그녀는 머릿속에 가장 현실화하기 힘들지만 가장 마음에 드는 선택의 여지를 하나 더 떠올렸다.

'어쨌든 돈을 벌어 오면 되는 거지? 그럼 내가 하고 싶은 일, 사진으로 돈을 많이 벌게 되면 될 것 아닌가!'

그때부터 그녀는 카메라를 들고 뛰어다니기 시작했다. 용기를 내 선배들을 찾아다니며 연줄을 잡아 닥치는 대로 일을 했고, 사진 콘테스트가 있으면 빠지지 않고 응모했다. 밤새도록 작업을 하는 날도 많았다. 그녀는 다른 예비 사진작가들처럼 사진을 '그저 좋아서 하는 일'로만 생각할 여유가 없었다. 그녀에게 사진은 생존 그 자체였다. 그렇게 치열하게 살던 그녀에게 어느 날 화보를 찍을 기회가 주어졌고, 그게 좋은 평가를 받게 되었다. 이후 꾸준히 활동을 계속한 그녀는 머지않아 공히 컷당 수십만 원을 받는 사진가가 되었고 작지만 자신의 스튜디오도 갖게 되었다. 수입도 괜찮은 편이지만 그녀는 자신이 하고 싶은 일을 마음 놓고 하면서 살 수 있게 된 게 꿈만 같다. 물론 시부모의 박대는 사라진 지 오래다.

그녀는 지금 자신과 같은 또래의 동기들이 아직도 '사진작가 지망생'이거나 아예 다른 길을 찾아서 간 경우가 많은 것을 보고 스스로도 놀랄 때가 많다. 그녀의 꿈을 이루는 데 걸림돌이라고 생각한 선택이 오히려 꿈을 남보다 더 빨리 이룰 수 있게 해준 것이었다.

M의 성공이 단지 운이 좋아서였을 뿐이라고, 그래서 사람 일은 누구도 알 수 없는 거라고 생각한다면 당신은 아직 선택과 운명의 관계를 제대로 이해하지 못한 것이다. M이 자신의 잘못된 선택으로 인해 커다란 난관에 부딪혔는데도 꿈을 이룰 수 있었던 건 그녀가 이미 해버린 잘못된 선택이 아니라 앞으로의 선택에 집중했기 때문이다. 아무리 좋은 선택을 하는 성향을 가진 사람이라도 모든 선택에 성공할 수는 없다. 그런데도 불구하고 하나의 잘못된 선택이 '좋은 선택 성향자'의 인생의 큰 틀을 바꾸지 못하는 것은 그들이 언제나 뒤따르는 선택을 잘 해내기 때문이다. 어떤 사람이 좋은 팔자를 살고 있는 사람인가 아닌가를 알아내려면 그들이 잘못된 선택 후에 다시 어떤 선택을 하는지 살펴보면 될 것이다.

가지 않은 길에 대한 미련을 버려라

M처럼 돌이키기 힘든 선택을 잘못한 경우 대부분의 사람들, 특히 여자들은 그 다음에 선택의 여지가 있다는 것 자체를 의식하지 못한다. 더 이상 자신의 의지로 할 수 있는 일은 없다고 여긴다. 그래서 많은 여자들이 힘든 상황을 온몸으로 견디다가 더 이상 버틸 힘이 남지 않을 만큼 만신창이가 되고 나서야 다음의 상황으로 옮겨지는 것이다. 그런 성향의 여자가 M과 같은 상황이었다면 아마 시댁에 승복해

자아를 포기하고 한 많은 여생을 보냈을 것이다. 이혼조차 결정하지 못하고 계속 정신적인 학대를 당하다가 정신이 황폐해져서 결국은 이혼을 당했을 수도 있다. 안타깝게도 최첨단 디지털 시대를 살고 있는 우리들 중에는 이런 19세기형 수동적 선택을 하는 여자들이 의외로 많다.

M은 자신이 그때 그 결혼을 하지 않았으면 아마 지금처럼 성공하지 못했을 거라고 말한다. 그러나 내 생각은 다르다. 최악의 상황에서 그런 선택을 할 수 있는 사람이었다면 이전에 어떤 선택을 했더라도 성공했을 것이다. 어쩌면 상황의 압박이 없는 여건에서 더 크게 성공했을지도 모른다. 그녀의 경우에 '전화위복(轉禍爲福)'이라는 한자성어가 딱 들어맞지만 화(禍)가 저 혼자서 재주를 넘고 복(福)으로 변신하는 경우는 많지 않다. 자기를 포기하지 않고 용기 있는 결단을 내리는 여자만이 재앙마저도 제 삶의 자양분으로 삼을 수 있는 것이다.

간혹 낯모르는 20대 여자들이 잘못된 선택을 해놓고 넋 놓고 앉아 자책만 하고 있는 모습을 보게 될 때면 등짝을 후려치고 싶은 충동을 느낀다. 어서 일어나 잘못된 선택을 만회시켜줄 또 다른 선택을 하라고 소리치고 싶다. 새파랗게 젊은 앞날에 널리고 널린 선택의 기회들을 바라보지도 않고 폐기처분하는 것은 삶에 대한 예의가 아니라고 말해주고 싶다.

우리 여자들은 항상 '가지 않은 길'에 대한 미련이 많다. 내가 그때 그 사람하고 헤어지지 않았다면…, 원서를 잘 넣어서 그 대학에 갔더라면…, 그 회사를 그만두지 않고 그냥 다녔더라면…. 하지만 모든 사람들이 결국은 그 사람의 성향에 들어맞는 길을 가고 있는 걸 보면 가지 않았던 그 길과 지금의 길이 모두 하나로 통하는 게 아닌가 하는 생각이 든다. 똑같이 신촌에서 종로를 가더라도 수많은 길이 있는 것처럼 말이다. 지금의 당신은 스쿠터 타고 지름길로 가로질러 가는 대신 지하철을 타고 돌아가고 있는 것인지도 모른다. 골목길로 가건 대로로 가건 종로로 갈 수만 있으면 된다.

우리가 지금 먼저 해야 할 일은 언제 어디서 길을 잘못 들더라도 다른 길을 찾아서 갈 수 있는 목적지를 정하는 일이다. 당신에게는 어떤 상황이 되더라도 포기하고 싶지 않은 미래의 삶의 모습이 있는가? 그렇다면 어떤 잘못된 선택을 저지르더라도 현명한 두 번째 선택을 하기가 훨씬 쉬워질 것이다.

행운을 맞아들일 준비를 하라

행운도 준비하는 자한테나 행운이다

K는 모 기업의 유럽 지사 근무를 마치고 돌아와 과장으로 발령받았다. 지금은 풍부한 경험과 국제감각을 두루 갖춘 인재라고 평가받지만 몇 년 전만 해도 그녀는 유럽 가는 비행기 삯조차 없는 평사원일 뿐이었다.

K는 대학시절 어려운 가정 형편에도 아르바이트한 돈을 모아 한 달간 영국으로 어학연수를 다녀온 적이 있었다. 짧은 시간이었지만 그곳에서 경험한 문화와 인식의 차이는 그녀에게 충격을 주었고, 그곳에서의 방식이 자신에게 더 잘 맞는다는 생각을 하게 되었다. 한국으로 돌아온 그녀는 언젠가 영국으로 가서 그곳에서 할 일을 찾아내겠

다고 결심했다. 그러기 위해서는 그곳에서 공부를 하는 게 먼저일 것 같았다. 그녀는 당장이라도 유학을 갈 것처럼 틈틈이 영어회화 실력을 쌓았고, 영국에 대해 공부했다. 조금씩 저축도 했다. 지금의 상황이라면 마흔이 넘어서야 유학길에 오를 수 있을 터였지만 미리 포기하고 싶지는 않았다.

그녀가 유학 준비를 시작한 지 3년을 못 채운 어느 날이었다. 출근하자마자 다급한 목소리의 전화가 걸려오더니 당치도 않게 해외지원부서의 아무개를 찾는 것이었다. 그녀가 일하는 곳은 기획실이었다.

"급하게 팩스를 받을 것이 있는데 그 부서 사람들이 아무도 전화를 받지 않네요."

그는 유럽 지사 직원이었는데 한 시간째 통화가 안 되자 답답해서 무작위로 구내번호를 눌러 도움을 요청한 것이었다. 그녀가 해외지원 부서에 가보니 담당자들이 모두 자리를 비우고 있었다. 그 말을 전해 듣고 난감해하는 그에게 K가 제안을 했다.

"거기선 퇴근 시간이 한 시간도 안 남았네요. 오늘 내로 처리를 하셔야 한다면 곤란하시겠어요. 말씀하신 자료가 저희 부서를 거쳐간 것이라서 제가 직접 보내드릴 수는 있습니다만 정리가 안 된 것이라 정보를 따로 추려야 하실 거예요. 그렇게라도 보시겠어요?"

현지 시간까지 정확하게 알고 있는 그녀의 시원시원한 답변에 상대편은 안심했고, 다음 날 그녀 덕분에 중요한 계약을 무사히 따낼 수 있었다고 고맙다는 전화까지 받았다. 그는 런던 근교에 있는 지사의 김부장이라는 사람이었고, 이후 그 일이 인연이 되어 종종 안부전화를 주고받았다. 김부장이 한국에 들어왔을 때에는 잠깐이지만 직접 만나보기도 했다. 그해, K는 지사장의 추천에 힘입어 그 지사로 발령을 받았다. 영국에서 일을 하고 싶다는 바람이 뜻밖으로 이루어진 것이었다.

K를 두고 같은 부서 동료들은 '행운아'라고 입을 모았다. 왜 하필이면 그날 해외지원 부서에서 길고도 심각한 회의를 했고, 왜 하필이면 자료를 보내주기로 했던 담당자가 그 전날 폭탄주를 마시고 핸드폰을 잃어버려 통화가 안 됐으며, 왜 하필이면 그 전화를 수많은 기획실 직원 중에 K가 받았겠냐는 것이었다. 모두가 행운의 산물이라며 K의 소원성취를 질투 반 부러움 반으로 바라보았다. 하지만 K는 자신이 사람들이 생각하는 것만큼 억세게 운 좋은 사람은 아니라고 생각했다. 남들이 자신이 열심히 노력해서 이루어놓은 부분마저 행운으로만 치부하는 게 좀 억울하기도 했다.

사람들은 자신이 만만하게 보던 사람이 어느 순간 앞서 나가는 걸 보게 되면 당황한다. 그리고 황급히 자기가 아닌 그 사람이 잘된 이유를 찾게 된다. 잠깐의 고민 끝에 대부분의 사람들은 자신이 원하는 쪽에서 해답을 찾는다. '그가 운이 좋아서'라고. 동시에 사람들은 자동적으로 자신이 지금 원하는 대로 살지 못하는 이유에 대해서도 '운이 없어서' 라는 합당한 결론에 도달하게 되는 것이다. 그렇게 책임이 자신이 아닌 운명에 있다면 자신을 능력이 없다는 자괴감에서 벗어나야 마땅한 일인데, 동료의 행운을 잔뜩 추어올려준 다음에도 뒷맛은 씁쓸하다. 이유야 어떻든 간에 자기는 뒤쳐져 있는 사람이고 그는 앞선 사람이니까.

자신이 운이 없는 사람이라고 통탄하기 전에 그 사람이 행운을 잡기 위해 무엇을 했는지 생각해보자. K는 자신이 원하는 뚜렷한 목표를 가지고 여러 가지 노력을 하고 있었다. 여건도 안 되면서 내일모레라도 영국에서 살 사람처럼 준비를 하고 있었기에 런던에서 걸려온 갑작스런 전화에 자신만만하고 유연하게 응대할 수 있었다. 자연스럽게 그쪽 지사에서 하는 일에 관심을 기울였기에 그들이 원하는 자료도 잘 찾아서 대신 전해줄 수 있었다. 만약 하필이면 해외지원 부서가 회의중이고, 하필이면 담당자가 핸드폰을 잃어버리고, 하필이면 김부장이 기획실로 전화를 건 이중삼중의 우연을 거쳐 K가 아닌 기획실의 다른 동료가 전화를 받았다면 그 일이 행운으로 연결될 수 있었을까? '준비된 행운아' 인 K가 당사자였기에 평범한 상황도 행운의 상황으로 바뀔 수 있었던 것이다.

행운은 공기처럼 눈에 보이지 않게 우리 주위를 수없이 떠다니는 것이다. 우리가 삶의 공간을 휘저으며 다니다가 무작위로 떠다니는 행운과 언제 접촉을 하느냐 하는 것은 순전히 우연의 영역이다. 그러나 행운과 만났을 때 그것을 꼭 붙잡아둘 수 있느냐 그렇지 않느냐는 우리의 몫이다. 때로 사람들은 행운을 만지고도 그것이 행운인지 모르고 지나쳐버리기도 한다. 행운을 알아보고도 그것을 잡을 재주가 없어 허무하게 놓쳐버리는 경우도 있다. 만약 K가 노력 없이 행운만으로 지사 발령을 받았다면 그곳에서 능력을 인정받지 못하고 쫓겨왔을 것이다.

행운도 능력 있는 자한테나 행운인 것이다.

행운을 맞아들여라

동양회화를 전공한 N은 아무런 취업 준비도 없이 대학 생활의 마지막 학기를 맞고 있었다. 화가의 수요가 많지 않은 한국땅에서 당장 졸업을 맞게 될 그녀의 친구들은 상업 일러스트레이터가 된다, 미술학원을 차린다, 이도 저도 마땅치 않으니 시집이나 간다, 하며 저마다의 길을 모색해가고 있었다. 그런데 그 와중에 N은 엉뚱하게도 IT교육원에 등록해 웹마스터 과정을 밟기로 했다.

N이 졸업할 무렵은 웹 관련 직업이 무척 생소하던 시절이었다. 어릴 때 도스(DOS)로 움직이던 옛 애플 퍼스널 컴퓨터를 좀 만져보았던 N은 비약적으로 발전한 컴퓨터 운영시스템과 인터넷이라는 신기

한 것에 남달리 관심이 갔다. 선생님이 되고 싶기는 했지만 미술 교사는 워낙 자리가 적기 때문에 기대를 하지 않는 편이 나았고, IT 쪽에 기대를 걸면 전망이 있을 것 같았다. 그러나 미술 전공인 그녀가 컴퓨터에 관련된 걸 배우고 있다는 이야기를 들은 주변 사람들의 반응은 영 시큰둥했다.

"졸업이 코앞인데 왜 엉뚱한 걸 배우고 다니니?"

"아무리 세상이 달라진다 해도 그 인터넷이라는 걸로 먹고살 일이 당장 있을 줄 아니? 그런 날이 온다 해도 아주 먼 미래의 이야기일 거야."

과연 친구들의 말대로 N은 웹마스터 과정을 마치고서도 한동안 이렇다 할 성과를 얻지 못했다. 아직 한국에 벤처 붐이 일기 전이라 일자리 찾기가 쉽지 않았던 것이다.

졸업 후 미술학원에서 아르바이트를 하며 지내던 그녀는 경쟁이 치열한 사립 고등학교 미술 교사 자리에 지원을 했다. 물론 꿈에도 그릴 만큼 욕심이 나는 자리였지만 일류대를 졸업한 쟁쟁한 지원자들이 워낙 몰려 반쯤은 포기하고 있는 상태였다. 그런데 면접을 보고 난 얼마 후 그녀는 뜻밖에 미술 교사로 채용되었다는 연락을 받게 되었다. 뛸 듯이 기쁘면서도 마음 한구석으로는 '내가 왜?' 하는 의문을 품었던 N은 나중에서야 자신이 뽑힌 이유를 알게 되었다.

그 학교에서는 학교 특성화 계획의 일부로 웹사이트를 오픈할 준비를 하고 있던 참이었다. 사이트를 구축해줄 외부 업체를 알아보며 골치를 썩이고 있던 학교 측은 마침 별다른 결격사유가 없는 교사 지원자인 N이 웹마스터라는 걸 알고는 더 볼 것도 없이 채용을 결정한 것이었다.

주변 사람들은 엉뚱한 걸 배우다가 정말 원하던 미술 교사의 꿈을 이룬 그녀를 보고 운이 좋았다고 말했다.

우리가 겪는 일상은 많은 부분 우연의 산물이다. 그래서 때로는 우리가 기울이는 숱한 노력들이 모조리 쓸데없는 것으로 여겨지기도 한다. 하지만 어디까지나 신의 영역일 것만 같은 우연의 고리들도 의지의 영향을 받는다. 마치 자력의 영향을 받는 쇳조각들처럼 말이다. 행운을 맞아들이려는 사람에게는 정말 행운이 찾아온다.

행운을 바란다면 먼저 내가 '행운을 받을 만한 사람'으로 준비되어 있어야 한다. 보이지 않는 비누방울과 같은 행운을 우연히 맞닥뜨렸을 때 언제고 망설임 없이 그것을 잡아챌 수 있는 뜰채 하나쯤 마련해놓고 있어야 한다. 준비가 없다면 행운이 벌 떼처럼 내게 덤빈다 해도 단발성 이벤트로 그칠 뿐 '내 삶의 행운'으로까지는 이어지지 못하는 것이다. 당신에게 행운이 필요하다면 자신이 그 행운을 감당할 수 있는 사람인지부터 먼저 점검하라. 자신이 정말 원하는 것을 위해 준비를 해본 사람이라면 누구나 그 소원에 다가가는 것을 도와줄 행운이 생각보다 훨씬 빨리 찾아와 준다는 것을 알게 된다. 행운이 준비를 앞지를 때도 많다. 그래서 어느 정도 성취의 맛을 본 사람들은 그리 절박하게 행운에 매달리지 않는다. 자신이 준비가 되기만 하면 행운은 귀찮을 정도로 찾아와 준다는 걸 경험으로 알고 있기 때문이다. 신은 언제나 베풀어줄 행운을 잔뜩 준비해놓고 있지만, 그걸 받을 그릇을 준비하는 건 우리 자신이다.

두 번째로, 행운을 맞기 위한 준비를 끝냈다면 행운이 올 만한 길목에서 기웃거려라. 복권에 당첨되는 방법을 연구하는 사람이 이런 말을 하는 것을 본 적이 있다.

"사람들은 복권을 사서 일등에 당첨될 확률이 벼락을 연속해서 세 번 맞을 확률이라는 것을 들어 당첨을 불가능한 것과 마찬가지라고 합니다. 그리고 우리가 하는 일을 비웃지요. 하지만 천둥 치는 날 언덕에 올라 쇠붙이를 들고 서 있으면 집에서 TV를 보고 있을 때보다 벼락을 맞을 확률이 훨씬 높아지지요. 우리가 하는 일이 그런 일이랍니다."

행운이 필요하다면 내가 원하는 행운이 많이 떠다니는 곳에 자주 기웃거려야 한다. 전화 한 통 잘 받은 행운으로 꿈꾸던 해외 지사 근무기회를 잡은 K가 자기 부서에서 처리한 유럽 지사 일에 관심을 가졌던 것도, N이 미술 교사 자리에 지원한 것도 일종의 '기웃거림'이다. 준비가 잘되어 있는 사람이 바라는 행운이 올 만한 곳에 가까이

다가가 있다는 것은 행운을 만날 확률이 그만큼 높아진다는 뜻이다.

세 번째로, 반드시 행운이 내 곁으로 찾아올 것이라는 긍정적인 생각을 갖고 있어야 한다.

"나처럼 재수 없는 사람이 무슨…" 하고 말하는 버릇부터 고쳐야한다. 내가 이미 갖고 있는 것들을 행운이라 여기고 감사할 줄 아는 사람만이 더 많은 행운을 불러들일 수 있다. 실제로 자신을 복 많은 사람이라고 자처하는 사람은 특별히 좋은 일이 생기지 않았을 때도 늘 표정이 밝고 긍정적이다.

이제까지 행운과는 거리가 먼 삶을 살아온 당신이라면 지금부터라도 이 방법들을 써서 행운을 맞아들여 보기 바란다. '준비된' 글 솜씨로 라디오 방송 사연 공모에라도 도전해보는 건 어떨까.

행운은 백화점의 '100개 일일 한정 세일 품목'처럼 발 빠른 몇 사람만이 독점할 수 있는 게 아니다. 보이지는 않지만 주변에 무한정으로 널려 있는 행운이 예상하지 못했던 시점에 불쑥 찾아오는 건 짜릿한 경험이며 삶의 묘미다.

가족의 굴레에서 벗어나라

태생이 나의 인생을 결정한다?

J는 가정에 대한 열등감이 많은 여자다. 막일을 하시다가 다친 이후 돈벌이가 없으신 아버지는 아직도 술에 취한 날 가끔 가족들에게 주먹을 휘두르고, 어머니는 시장에서 노점상을 해서 생계를 꾸리신다. 언니 오빠는 한 번씩 가출해본 경험이 있는 문제 청소년 시절을 지나 지금도 힘들게 살고 있다. 그래도 집안의 막내인 J는 영리하고 공부도 잘해서 소위 말하는 일류 대학에 진학할 수 있었다. 하지만 그녀의 대학 생활은 남들처럼 즐겁고 낭만적이지 못했다. 대학 친구들은 모두 중상류 이상 가정 출신으로 보였고, 그에 비하면 자신이 너무 초라한 것 같아 맘 편히 어울리기가 힘들었다. 그녀는 자신이 하층민이라

는 것을 절감할 때마다 속이 상했고, 늘 잠재해 있는 집안의 문제들 때문에 마음이 무거웠다.

대학을 졸업하고 나이를 먹어가면서 J는 대학 동기들과 자신의 삶의 격차가 날로 심해지는 것을 알 수 있었다. 친구들은 처음에는 자신과 비슷한 처지에서 사회생활을 시작했지만 점차 좋은 일을 찾아 자리를 잡아 나갔고, 결혼도 잘해서 유복한 가정을 꾸리고 있었다. 반면 자신은 졸업해서 처음 들어간 중소기업에서 지금까지 뻔한 월급을 그대로 받으며 살고 있으며, 3년 전에는 집안에서 벗어나고 싶어 그리 내키지도 않는 결혼을 했다. 남편은 남들이 말하는 좋은 조건에 부합하는 면이 하나도 없는 사람인 데다 성격마저 무뚝뚝해 결혼생활의 잔재미를 느끼지 못하고 살고 있다.

J는 아무리 똑같이 공부해서 같은 대학, 같은 과에 진학한 친구들이라 해도 이렇게 다르게 사는 걸 보면 출신이란 어쩔 수 없다는 생각을 하게 된다.

J의 생각대로 정말 우리들은 개인의 능력에 상관없이 부모의 가난과 불행을 물려받을 수밖에 없는 것일까?

전편에서 나는 불행한 부모들은 자신을 불행으로 내몬 성향을 자식들에게 프로그래밍한다는 이야기를 했었다. 슬픈 일이지만 부자 부모가 돈 버는 법을 자식들에게 가르쳐주듯, 불행한 부모는 불행하게 사는 법을 자식에게 무의식적으로 가르쳐주는 셈이다. 이제 성인이 된 당신이 부모가 일방적으로 주입해주는 불행의 교육에서 벗어났고, 잘못된 교육의 내용을 수정할 수 있게 되었다면 이미 불행의 그늘에서 벗어나고 있는 것이다. 그러나 불행인자를 깨닫고 부모보다 더 나은 삶을 살기 위해서는 한 가지 더 필요한 것이 있다. 바로 '천민의식'에서 벗어나는 것이다.

불행한 가정사는 모든 이의 아킬레스건이다

사람들은 그 어느 부분보다 자신의 가정사에 대해 예민한 것 같다. 똑같은 절도죄라고 해도 사람들은 자신이 한 것보다 자기 어머니가 저지른 것에 대해 더 부끄러움을 느끼고, 남편의 외도보다 아버지의 부정에 더 큰 충격을 받는다. 아무리 친한 친구에게라도 가족의 치부에 대해서만큼은 입을 다물게 된다. 흠 있는 가정사는 사람들의 아킬레스건인 것이다.

사람들이 자신의 단점보다 오히려 자기 잘못이 아닌 가정 문제에 원초적인 부끄러움을 느끼는 건, 가족이 자신의 근본에 관련되어 있기 때문인 것 같다. 나 하나의 잘못이나 불행은 '살다 보면 그럴 수도 있는 일'로 생각해버릴 수 있는 지엽적인 것이지만 가족의 일은 다르다. 내 뿌리인 가정의 문제는 나의 존재 자체를 근원적으로 흔드는 것이다.

　동화 속 신데렐라는 계모 밑에서 비천하게 살고 있지만 원래는 귀족의 딸이라 나중에 왕자비가 되는 것도 '그럴 만한 일'이 되고, 드라마 속에서는 보잘것없는 여자가 재벌 2세와 맺어지는 억지도 '알고 보면 그녀도 숨겨진 재벌의 딸'이라는 설정으로 보완된다. 이렇게 어떤 환경에서 어떻게 살더라도 고귀한 출생은 그 사람을 특별하게 만든다는 의식이 누구에게나 있듯 반대의 경우를 짐작하는 것도 어렵지 않은 일이다.

　삼사십대 이후 따로 가정을 두고 부모의 입장이 되어 보기 전까지 사람들은 가정의 문제에서 자유롭기가 힘들다. 상대적으로 덜 독립적으로 키워지는 여자들은 더하다. 자신을 문제 가정 출신이라고 생각하는 20대 여자들은 사회생활에도 적응을 잘 못하고 인생의 중요한 기로에서 현명한 선택을 하지 못하는 경우가 많다. 그건 그녀들 자신이 의식하는 것처럼 '나쁜 피'를 타고났기 때문이 아니라 자기 출신에 대한 열등감에서 자유롭지 못하기 때문이다. 그녀들은 자기도 모르게 자꾸만 자신의 가치에 미치지 못하는 선택을 하게 된다. 직장에서 부당한 대우를 받아도 더 나은 일을 찾을 엄두가 안 나고, 고생길이 훤한 결혼생활도 마다 않는다. 남들은 그렇게 보지 않지만 그녀들의 무의식 안에서 자신은 어딜 가나 근본을 숨길 수 없는 '천민' 출신이기 때문이다.

가족과 자신을 분리시켜라

J와 같은 많은 여자들은 하나같이 자기 가정의 문제를 아주 심각한 것으로 생각하고 있다. 잠자리에서도 어쩌다 집안일 생각이 나면 가슴이 답답해져 잠을 이룰 수 없다. 뭔가 내세울 게 있는 것까지는 바라지도 않고 '콩가루 집안'만 아니어도 좋을 것 같다는 생각을 할 때도 많을 것이다. 그러나 사람들이 생각하는 '특별할 것 없지만 큰 문제는 없는 보통 가정'이란 건 생각만큼 흔한 게 아니다.

어느 가정이나 문제는 있기 마련이다. 부모가 외도를 하거나, 극도로 가난하거나, 가족들 간에 말을 안 한 지 몇 달 되었다거나, 폭력 가장을 아버지로 두었거나, 정신적 장애를 갖고 있는 가족이 있다거나 하는 헤아릴 수 없는 다양한 문제들로 흔들리는 가정이 우리 주변에는 얼마나 많은지 모른다. 누구도 밖에 나와서는 말을 하지 않으니 서로 모를 뿐이다. 하지만 그 많은 '문제 가정'에서 나고 자란 사람이라고 해서 모두 어두운 미래를 살지는 않는다. 순수하게 운명이라고 말할 수 있는 몇 안 되는 요소인 가족, 그 족쇄를 풀기 위한 열쇠조차 바로 나 자신이 쥐고 있는 것이다.

만일 당신이 가정 때문에 마음에 짐을 지고 있는 사람이라면 잠시 그 짐을 내려놓고 가족의 문제를 객관적으로 바라보자. 그것이 친구가 털어놓은 남의 가정사라고 가정하고 그 친구에게 할 위로와 충고의 말을 자신에게 건네보자.

'…그런 건 일시적인 문제고 시간이 해결해줄 거야. 점차 나아지겠지. 너는 마음 굳게 먹고 네 나름대로 열심히 살면 돼.'

이렇게 '남의 말 하듯 하는 말'이 나오겠지만, 원래 문제에 대한 해결책으로는 '남의 말'이 정확한 경우가 더 많다. 문제 안에 있는 사람은 그 해답을 잘 보지 못하기 때문이다. 아직 자신이 태어난 가정에 머물러 있는 20대 여성들이 지고 있는 모든 문제들은 결코 별것 아닌 일이 아니지만 하늘이 무너질 일도 아니다.

가정의 문제가 나 자신의 가치를 훼손하는 일이 아님을 잊지 않고 끝까지 자신을 사랑하고 믿는다면 당신이 가정에서 누리지 못한 것을 누릴 수 있는 미래가 반드시 올 것이다.

뻔한 인생에 반전을 만들어라

인생은 생각보다 뻔한 것이다

20대까지만 해도 나는 어른들이 그처럼 고집스런 이유를 도무지 알수가 없었다. 세상에는 참 다양한 삶의 모습들이 있고 가능성들이 있는데 왜 어른들은 자신이 알고 있는 범주 내에서만 인생을 해석하고 그것을 타인에게도 강요하는지 이해가 되지 않았다. 그러나 이제 조금은 알 수 있을 것도 같다. 대략 인생 제2막의 첫머리쯤이라고 할 수 있는 30대를 살다 보니, 어른들 말씀대로 사는 모습들이 거기서 거기라는 것을 인정할 수밖에 없게 되는 것이었다. '편견은 시간을 아껴준다'는 말에 수긍이 갈 정도로 대부분의 사람들은 애초에 자신에게 주어졌던 조건에서 기대되는 그대로 살고 있다.

어릴 때 온 동네 천덕꾸러기였던 소꿉동무는 어른이 되어서도 변변치 못하게 살고 있고, 이웃집 아주머니의 손버릇 안 좋던 남편은 십 년이 지나서도 개과천선하지 않았다. 그뿐인가. 수상쩍은 행동을 하던 친구의 애인은 역시나 바람둥이였고, 하는 일 없이 허영심만 가득했던 친구는 여전히 한몫 잡지 못하고 그날이 그날인 삶을 살고 있는 게 우리가 실제로 접하게 되는 현실이다. 어려서 맹했던 친구가 에디슨이나 아인슈타인처럼 대기만성형 천재로 이름을 떨치는 것을 본다든지, 사람 노릇 못하던 동창이 뒤늦게 정신을 차려 사업가로 대성공을 했다든지, 남자친구의 미심쩍은 행동들이 알고 보니 거듭된 우연으로 인한 드라마 같은 오해였다든지 하는 통쾌한 반전을 일상에서 실제로 만나는 건 상대적으로 드문 일이다. 어른들이 아집을 갖게 되는 건 선입견이 결과와 일치하는 경우를 오랜 세월 숱하게 확인해왔기 때문인 것이다. 예상했던 것과 다른 일도 가끔 일어나는 게 인생이지만 확률적으로 어떤 결과에 베팅하는 것이 유리한지를 그분들은 알고 있는 것이다. 복잡한 세상을 살면서 편견에 의지해 신속한 판단을 내리는 것은 일면 효율적일 수도 있다.

많은 사람들이 뻔한 인생을 살게 되는 건 그만큼 자신에게 주어진 삶의 조건들을 극복하기가 어렵다는 뜻이기도 하다. 그래서 고만고만한 일상에 염증을 느끼는 사람들은 반전이 있는 드라마나 영화 등을 통해 대리만족을 느끼게 되는 것이다. 하지만 사람들이 드라마를 보며 은근히 기대하는 대로 인생의 반전은 쉬 와주지 않는다.

인생의 반전은 내가 만드는 것이다

J의 부모님은 중학교 시절 인문계 고등학교 진학조차 꿈꾸지 못할 정도로 공부에 담을 쌓았던 J에게서 일찌감치 기대를 거두었다. 딸이 대학까지는 나와서 배움 짧은 자신들의 여한을 풀어주기를 바랐던 부모님은 매일 만화책을 끼고 사는 그녀를 볼 때마다 속을 끓였지만, 정작 J는 도무지 자신이 공부를 해야 할 이유를 찾을 수가 없었다.

실업계 고등학교에 진학한 후에도 별달리 집중하는 일 없이 시간을 보내다가 새 핸드폰을 사려고 분식점에서 아르바이트를 하고 있던 J는, 어느 날 대학 다니는 세 살 위 사촌 언니가 일주일에 두 번 두 시간씩 과외를 해서 버는 돈이 자신이 매일 일하며 받는 돈의 배가 넘는다는 사실을 알고 깜짝 놀랐다. 그때 J는 자신이 공부를 하지 않으면 3년 후에도 지금과 똑같이 몇 달 동안 일해 돈을 모아야 핸드폰 하나를 겨우 살 수 있을까 말까 한 삶을 살게 될 것이라는 걸 깨달았다.

시작은 사소했지만, 그때부터 J는 공부라는 것을 하기 시작했다. 하위 1%도 갈 수 있다는 고등학교에 다니는 그녀가 신들린 듯 공부하는 모습을 보며 사람들은 저러다 말겠지 생각했다. 그러나 2년 후 그녀가 그 학교 개교 이래 처음으로 서울대 1차 지원에 합격하자 그녀를 보는 시선들이 달라졌다. 비록 수능 성적이 조금 부족해 최종 합격자 명단에는 들지 못했지만 삶의 극적인 반전을 이루어낸 그녀의 자신감은 그녀가 이전과는 다른 삶을 살게 해주었다.

이후 다른 중위권 대학에 진학해 사회 진출을 준비하던 그녀는 또다시 새로운 목표를 세웠다. 어느 쟁쟁한 대기업 신입사원 자리에 욕심을 품은 그녀는 눈을 좀 낮추라는 주변의 권고에도 불구하고 발로 뛰며 그 회사에서 요구한다는 자격들을 갖추어 나갔다. 복수전공으로 경영학을 배우고, 자격증을 따고, 영어 공부를 한 그녀는 결국 일류대 출신이 아니면 원서조차 받아주지 않는다는 대기업에 입사하는 데 성공했다.

지금은 능란한 커리어우먼으로 바쁘게 살아가고 있는 그녀의 모습에서 열여섯 살 무기력한 소녀를 보는 사람은 아무도 없다.

지금 당장 당신의 미래를 바라보는 주변 사람의 솔직한 시선을 확인해보기 바란다.

'내가 10년 후 어떻게 살고 있을 것 같아요?'

아마도 사람들이 20대 여성인 당신에게 기대하는 미래라는 것이 당신 자신이 생각하는 것에 비해 얼마나 평범하거나 초라한지를 알 수 있을 것이다. 그렇다고 해서 주변 사람들을 원망할 필요는 없다. 그들은 이제까지 자신을 무난한 선택의 길로 인도해준 방법 그대로 당신의 미래를 판단한 것일 뿐이다. 또한 별 이변이 없는 한 실제로 당신은 그런 판단의 큰 틀에서 벗어나지 않는 '뻔한' 미래를 살게 되기 쉬우며 나이가 들어가면서 점차 그렇게 사는 것도 나쁘지 않다고 생각하게 될 것이다.

처음부터 모든 재능과 여건이 성공하기에 맞춤인 사람들은 팔자대로 흘러가기만 해도 꽤 괜찮은 인생을 살 확률이 높다. 그러나 이런 사람들조차 실제로 어떤 한 분야에서 권위자가 되려면 반드시 필요한 게 있는데 그게 바로 앞서 말한 '반전'인 것이다.

만약 당신이 별 볼일 없어 보이는 현재의 연장 선상에 있는 미래를 용납할 수 없다면 지금부터 반전을 준비해야 한다. 20대는 인생의 반전을 위한 틀을 다지기에 가장 완벽한 시기다. 행동반경과 선택의 폭이 넓으면서도 아직 책임져야 할 일은 적은 유일한 시기가 이때다. 사회적으로 최고의 능력과 에너지를 요구받는 시기인 30대에 맞는 반전은 대체로 20대의 노력에 빚진 것이다.

이삼십대 젊은 시기에 세상 사람들의 편견을 깨고 반전을 이루는 경험은 두고두고 인생의 추억이자 자신감의 근거가 되어 줄 것이다. 세상에서 성공을 한 대부분의 사람들은 이렇게 뻔한 인생에서 대반전을 이룬 사람들이다. 타고난 목소리가 예쁘지 않아 아나운서조차 될 수 없다던 여성은 방송국 메인 뉴스 앵커까지 되었고, 배운 게 없으니 잘되는 식당 갈무리나 잘하란 소리를 듣던 아줌마 사장님은 회사를 세워 잘나가는 CEO가 되었다. 천성이 수줍어 고무장갑 하나 못 팔아 올 거라던 여성은 자동차 판매왕이 되었다.

　세상 사람들의 편견대로 뻔하게 흘러가는 97%의 일상 속에서 3%의 반전을 건져 올린 사람들은 얼마든지 있다. 평범한 20대인 당신도 충분히 그럴 수 있다. 반전이 시원찮은 영화가 지루하듯이 반전 없는 인생도 재미없다. 당신이 정말 살고 싶은 삶이 있다면 사람들의 당연한 편견에 상처받지 말고 조용히 반전을 준비하라. 단, 절대로 현실의 끈을 놓아서는 안 된다. 소설가가 되겠다고 갑자기 잘 다니던 직장을 그만두고 들어앉아 글을 쓰는 식의 오류를 범하지는 말라는 말이다. 인생의 반전은 반드시 모험을 필요로 하지만, 목적이 모험적인 것이어야지 방법이 모험적이어서는 안 된다. 실패했을 때 너무 타격이 큰 방법을 택하게 되면 반전에 실패해 결국 사람들의 편견 그대로의 삶으로 돌아가게 된다.

　'어느 날 갑자기' 두각을 드러낸 모든 사람들이 실은 차근차근 긴 시간 반전을 준비해 운명을 거스른 사람들임을 잊지 말라.

고시공부 하듯
'나'를 공부하라

망설이지 않고 세 가지 소원을 말할 수 있는가?

만약 램프의 거인이 나타나 1분 안에 세 가지 소원을 말하라고 한다면 당신은 평생 자신을 행복하게 해줄 수 있는 세 가지 소원을 말할 수 있겠는가?

나는 이 질문을 여러 사람에게 던져보았는데 속 시원히 대답하는 사람은 많지 않았다. 대개가 로또 일등에 당첨되는 것 정도를 확실하게 말하고 횡설수설하거나, '취직되게 해주세요' '남자친구 생기게 해주세요' 등 자신이 당장 고민하고 있는 문제에 대한 해결을 주문할 뿐이었다. 평생 단 한 번뿐일 기회 앞에서도 절대 후회 없을 소원 문구를 준비해둔 사람은 드물었다.

우리는 우리에게 선택의 권한만 있다면 얼마든지 좋을 것을 선택할 수 있을 거라고 생각한다. 하지만 대체 그 '좋은 것'이란 게 무엇이란 말인가? 값이 비싸거나 희소성이 있는 것이 무조건 좋은 것이라면 대표적 선택의 장인 뷔페식당에서 샥스핀 수프 대신 김밥만 잔뜩 덜어 가는 그 많은 사람들의 선택을 어떻게 설명할 수 있겠는가?

실제로 사람들의 선택은 대부분 그들에게 익숙한 범위 안에서만 이루어지는 경우가 많다. 그것이 절대적인 가치가 뛰어나건 그렇지 않건, 나에게 맞는 것이건 그렇지 않은 것이건 상관없이 단지 이전에 나와 잦은 접촉을 했다는 이유로 혹은 당장 급하게 필요하다는 이유로 선택되는 대상이 얼마나 많은지 우리는 의식하지 못한다. 내 무의식이 선택하는 그대로 놓아두었다가는 옛날 이야기에서처럼 무슨 소원이든 들어주겠다는 산신령에게 떡을 실컷 먹게 해달라는 어처구니없는 소원을 빌게 될지도 모를 일이다.

믿기 어렵겠지만 굳이 램프의 요정이 나타나지 않더라도 우리 마음 속의 소원은 이루어지게 되어 있다. 단 그 소원은 5년이 지나도 10년이 지나도 변하지 않을 확고하고 구체적이며 목표지향적인 것이어야 한다. 소원을 품은 인생은 아주 서서히 그 소원을 향해 움직이게 되어 있다. 소원을 품지 않는 사람은 분명 그만큼 손해를 보며 살고 있는 것이다.

하지만 나 자신을 평생 행복하게 할 수 있는 세 가지 소원거리를 찾기란 쉬운 일이 아니다. 곰곰 생각해보면 많은 이들이 쉽게 말하듯 복권에 당첨되어 100억 원이 생긴다고 해서 누구나 행복해지는 것도 아니고, 멋진 남자와 결혼한다고 무조건 행복해지리라는 법도 없다는 것을 알게 될 것이다. 그렇다고 모든 사람을 행복하게 해줄 수 있는 '세 가지 소원 모범 답안' 같은 것이 존재하는 것도 아니다. 사람마다 적성과 취향이 다르듯 그들을 정말 행복하게 해줄 수 있는 조건들도 다르다. 나를 정말 행복하게 해줄 소원을 정하는 데 있어서는 먼저 그 소원을 누리고 살 내가 어떤 사람인가를 아는 것이 중요하다.

나를 알아야 소원을 품을 수 있다

J는 대학시절 방송국에 들어가는 게 소원이었다. 학교 방송국에서 활동하면서 방송에 대한 매력을 느낀 후 결심을 굳힌 것이었다.

'가서 방송국 계단을 청소하더라도 꼭 방송 일로 인정받는 사람이 될 거야.'

곧바로 방송사 공채에 대비했지만 졸업하고 1년이 지날 때까지 계속 낙방이었다. 공중파 방송의 PD가 되기란 바늘구멍에 코끼리가 들어가는 것만큼이나 어려운 것 같았다. 그녀가 힘든 시기를 보내고 있을 때 구성작가로 일하고 있던 선배 하나가 구성작가를 해보지 않겠느냐는 연락을 해왔다. 그렇게 해서 J는 같은 방송국 동기인 H와 함께 보조 구성작가로 그토록 소원하던 방송국에 입성하게 되었다.

신참 구성작가의 일은 고되고 수입도 적었으며 미래도 불투명했다. 그러나 J는 좋아하는 일을 한다는 생각에 즐겁게 일했다. 그러나 함께 일하게 된 H는 6개월을 넘기지 못하고 일을 그만두었다.

"아무래도 방송 일은 내 적성이 아닌 것 같아."

H의 말에 J는 그럴 수도 있겠다고 고개를 끄덕였고, 그 이후 자연스럽게 연락이 끊어졌다.

6년이 지난 지금, J는 자신이 그토록 원했던 PD가 부럽지 않은 특급 작가가 되었다. 심지어 한 프러덕션에서 프로그램 제작에 직접 참여해보지 않겠냐고 제의한 것까지 고사한 상태다. 그녀는 얼마 전 오랜만에 H와 만나게 되었다. 아직 독신인 J와 달리 H는 결혼을 해서 주부로 지내고 있었다. 그간 지낸 이야기를 들어보니 H는 방송국을 그만둔 후 학원 강사, 부동산 중개업, 중소기업의 사무직 등 여러 가지 일을 했지만 모두 오래 지나지 않아 그만둔 모양이었다. J는 성실한 성격의 H가 아직까지 일에서 자리를 못 잡은 게 이해가 되지 않았다. 아무래도 자기 적성에 맞는 일을 못 찾은 것이라고 생각할 수밖에 없었다. J는 늦도록 자신의 일을 만나지 못한 불운에 동정이 갔다. H는 아직 사회생활에 대한 미련을 버리지 않고 있었다. 외조를 해주겠다는 남편의 약속도 받아냈다고 했다.

앞으로 무슨 일을 할거냐는 J의 물음에 H는 대답했다.

"글쎄, 지금부터 찾아봐야지. 남편이 뭐든 배우고 싶은 걸 배워보라고 하는데 아직 잘 모르겠어. 코디네이터 한 번 생각해보긴 했는데… 그거 하면 협찬 받는 옷 가질 수도 있고 너무 좋을 것 같아."

'지금부터 찾아? 그럼 이제까지는 뭐 한 거야? 그리고 코디네이터가 협찬 받는 옷을 자기가 가진다고???'

J는 그제야 H가 그 나이까지 아무것도 해놓은 게 없었던 이유를 알 수 있을 것도 같았다.

H가 소원을 이루지 못한 이유는 간단하다. 소원이 없었기 때문이다. 구성작가 일이니 부동산 중개업이니 모두 상황에 떠밀려 하게 되었을 뿐 그 일에 대한 소망이 없었던 것이었다.

자신이 관심을 갖고 있다는 코디네이터 일에 대한 최소한의 정보조차 갖고 있지 않은 그녀는 그 일에 대해서도 역시 소원이 없는 것이 틀림없다. 그녀가 지금 일을 하려는 것은 어떤 일에 대한 소원이 있어서가 아니라 일을 하지 않고 있는 상태에서 벗어나고 싶기 때문이다. 그것도 소원이라면 그녀는 이제까지 쭉 소원을 이루고 산 셈이긴 하다. 그리고 앞으로도 같은 종류의 소원만을 이루며 불만족스럽게 살게 되기 쉽다.

무언가를 이루려면 자신이 정말 원하는 것을 명확히 해야 한다. 운명이라는 배가 좋은 방향으로 가기를 원한다면 그 좌표를 정확히 알고 있어야 한다. 바라는 것도 정하지 않고 소망이 이루어지기를 바라는 것은 복권은 사지도 않고 당첨되기만 바라는 것과 같다.

자신이 정말 원하는 것을 알기 위해서는 먼저 자기 자신에 대해 잘 알아야만 하고 그 과정은 치열해야 한다. H처럼 눈앞에 닥친 일에 기계적으로 대응하며 치여서 살다가는 자기 자신도 소망도 간 데 없이 사라지고 만다. 지금 20대인 당신에게 가장 중요한 공부는 자격증 따는 공부도 영어 공부도 아니다. 나 자신을 알기 위한 공부가 그 어느 것보다 중요하다. 나 자신이 무엇을 좋아하는 어떤 사람인지를 명확히 알게 되면 그런 나의 소원을 위해 필요한 공부는 자동적으로 능률이 오르게 되어 있다. 그러므로 고시공부 하듯 '나'를 공부하라! 소모적인 사색의 시대를 산 앞 세대의 귀찮은 유물이라고, 너무 추상적인 것이라고 생각하지 말고 나 자신을 찾기 위한 마음의 여행을 하라!

나를 안다는 것은 결코 간단하지가 않다. 많은 시행착오를 거쳐 내 감정을 시험해봐야 하며, 기본적으로 어느 정도의 시간이 필요한 일이다. 그렇기 때문에 꿈의 탐색이 막 시작되는 한국의 20대들이 초반을 넘기기 전에 자신을 알고 소원을 정한다는 것은 불가능에 가깝다. 졸업하기도 전에 자신의 소원을 알아챈 J는 억세게 운 좋은 경우인 셈이다. 지금부터라도 내가 어떤 음식을 좋아하는지, 어떤 일을 잘 견디고 어떤 일은 끝내 못 참아내는지, 어떤 사람을 좋아하는지 생각해보기를 권한다. 또한 내가 생각하는 나와 실제의 내가 다른 경우가 많으니 나 자신을 여러 가지 상황에 던져보고 내가 어떻게 반응하는지 면밀히 관찰해보기 바란다. 아마 자신도 미처 몰랐던 면이 있음을 발견하고 놀라게 되는 순간이 많을 것이다. 그런 데이터가 쌓이고 나 자신에 대해 잘 알게 되면 세상에 나섰을 때 두려운 일이 훨씬 줄어들게 된다. 운명을 내 편으로 끌어들일 수 있게 되는 것이다.

20대는 램프의 요정이 나타나 세 가지 소원을 말하라고 할 때 언제든 말할 수 있는 소원을 준비하는 시기다. 드라마의 주인공들이 그렇게 하듯 소원을 이루는 시기가 아니라는 말이다. 그 소원은 외로워서 근사한 남자를 만났으면 좋겠다는 류의 얕은 소원이 아니라 궁극적으로 나를 행복하게 해줄 수 있는 소원이어야 한다. 나를 행복하게 해줄 소원을 갖게 되면 소원이 이루어지는 순간만이 아니라 이루어가는 과정에서도 행복을 누릴 수 있다.

Chapter 2

여자들이 20대에
꼭 고쳐야 할 난치병들

사는 게 힘들다면 먼저 당신이 깨고
변화시켜야 할 일이 무엇인지부터 생각해 보라.
'구관이 명관' 이라는 속담은 틀렸다.
구관이 명관일 수도 있지만, 그것은 그가 구관이어서가 아니라
원래 명관이었기 때문에 뛰어난 것이다.
당신 삶의 시원찮은 구관을 갈아치우라.

소리 없이 사람 잡는
'관성'이라는 병

나를 가두고 있는 감옥

A의 어머니가 사고로 다리를 다쳤을 때였다. 부상이 심각한 편이라 급한 대로 사고가 난 곳에서 가까운 종합병원으로 호송을 했는데 입원을 한 지 이틀이 채 지나지 않아 A 일행은 뭔가가 크게 잘못되고 있다는 것을 느끼게 되었다.

담당 의사는 회진을 거의 돌지 않았고, 화장지조차 비치되어 있지 않은 화장실은 청소하는 사람이 없었다. 가뜩이나 형편없는 병원 밥에서는 머리카락도 나왔다. 그뿐만이 아니었다. 척 봐도 어설픈 간호사들은 약을 잘못 주기 일쑤였고, 링거 한 번 놓는 데 예닐곱 번은 헛바느질을 해 팔을 벌집으로 만들었다.

같은 병실에 있던 환자들도 병원에 불만이 많았다. 그 아주머니들은 먼저 병실에 들어온 '선배'로서 많은 조언을 해주려고 애를 썼는데, 아무래도 병원을 옮겨야겠다는 A에게 포기하는 게 좋을 거라고 했다. 의사가 절대로 퇴원을 허락해주지 않는다는 것이었다. 의사가 소견서를 써주지 않으면 다른 병원으로 옮길 수도 없다고도 했다. 아니나 다를까 퇴원을 요청하자 의사는 단호하게 안 된다고 말했고, A는 체념하고 그 병원에서 사흘을 더 지내게 되었다. 그동안 몸고생 마음고생이 말이 아니었으며 병원이 쇼생크 감옥처럼 느껴졌다.

닷새째 날 밤, 환자의 혈관이 터져 부었는데도 링거를 제대로 놓을 수 있는 간호사가 없는 걸 보자 A는 정말 퇴원을 안 시켜주면 보건복지부에 신고라도 할 독한 마음을 먹었다. 그러나 그녀가 딱 부러지게 요청하자 의외로 퇴원은 쉽게 이루어졌다. 의사의 소견서를 들고 나오면서 허탈하기까지 할 정도였다.

그녀와 가족들을 강제로 붙들고 있는 사람은 그 병원에 없었던 것이다. 그들을 병원에 가둔 것은 의사가 아니라 그들 자신이었다.

A와 그 가족들은 도대체 무엇에 홀려서 일주일 가까이 그 끔찍한 의료 서비스를 참아내고 있었던 것일까? A는 그 병원의 서비스가 마음에 안 드는 정도가 아니라 명명백백하게 엉터리라는 것을 알고 있었다. 실제로도 그 병원은 교통사고 환자들을 전문으로 받아 잇속을

차리는 것으로 악명 높은 곳이었고, 어머니는 병원을 옮기자 상태가 많이 호전되었다. 그럼에도 불구하고 그녀는 망설이고 있었던 것이다.

A의 물음에 나는 그것이 관성 탓이라는 결론을 내렸다.

사람은 누구나 변화에 대해 부담을 느낀다. 그래서 되도록 변화를 피하는 방향으로 모든 결정을 내리게 되어 있다. 문제는 변화가 꼭 필요한 상황에서도 제자리에 머물 구실만 찾는다는 것이다. A가 그 병원에 머물 때도 변화를 막는 구실들이 제법 강력했다. 수술을 한 곳에서 치료를 받아야 치료에 일관성이 있지 않겠냐는 것, 환자 상태가 안 좋기 때문에 병원에서 퇴원을 허락해주지 않는다는 것, 마땅히 갈 좋은 병원을 모른다는 것 등이었다. 그러나 그것들은 모두 가장 중요한 사안, 즉 환자를 위해서 좋지 않다는 것에 확신을 갖고 밀어붙이기만 했으면 충분히 무시할 수도 있는 문제들이었다.

물리적인 관성은 급정거한 버스 안에서 운전석까지 내동댕이쳐지게 하지만, 마음의 관성은 그보다 폐해가 심각하다. 사람을 현재 처해 있는 상황 안에 꼼짝 못하게 가두고 더 나은 어떤 것도 선택하지 못하게 한다.

대다수의 사람들은 나쁜 상황에 들볶이다 보면 언젠가는 관성을 거슬러 그 상황에서 빠져나온다. 그런데 어떤 여자들은 그게 너무 오래 걸린다. 예로부터 동양에서 특히 여자들에게 '참는 것'을 미덕으로 강조해왔기 때문인지 꽤 많은 여자들이 잃을 것을 다 잃은 후에야 나쁜 상황에서 빠져나온다. 그리고 다른 상황에서 또다시 관성에 사로 잡히는 것이다. 관성도 이쯤 되면 병이다.

힘들고 피곤한 인생을 사는 불행한 여자들의 족히 반 이상은 이 병 환자들이다. 관성의 벽을 잘 깨는 여자들은 남들에게 팔자 좋다는 소리를 못 듣는 경우라도 최소한 자신이 불행하다고 느끼지는 않는다.

머물 때와 빠져나올 때를 구분할 줄 아는 여자가 돼라

많은 여자들이 관성에 사로잡혀 있어 빨리 빠져나와야 하는 상황과 정말 인내해야 할 상황의 차이점에 대해 궁금해한다. 아닌 게 아니라 관성을 깬다며 힘들게 들어간 회사를 그만두려 한다든지, 부족한 데 없는 약혼자와 헤어지려 한다는 등의 이야기가 들려와 당황한 일도 종종 있었다. 조금 지켜보자는 신중함마저 관성으로 착각해서 경솔한 행동을 해서는 안 된다.

머물 곳과 떠날 곳을 구분하는 가장 확실한 방법은 충분히 노력을 해보는 것이다. 바람기 있는 남자친구 때문에 마음고생을 하고 있지만 헤어지기 싫다면 일단 그의 나쁜 버릇을 잡기 위해 노력을 해볼 일이다. 그렇게 해서 변화가 없는데도 그를 계속 만나고 상처받는 일을 반복하고 있다면 그건 틀림없이 관성이다. 새로 구한 아르바이트가 힘들 때 적응하려는 노력을 충분히 해보지도 않고 그만두는 것은 관성을 깨는 것이 아니라 인내심이 부족한 것이다.

사실 우리는 모두 관성에 사로잡힌 자신을 깨달을 수 있는 능력을 가지고 있다. '이건 아니다' 라는 느낌이 강하게 드는데도 특정한 상황 안에 계속 머물러 있는 자신을 발견하게 된다면 그때가 바로 관성에서 벗어나려는 노력을 시작해야 할 때다. 관성이라는 병에 걸린 여자들도 자신이 그 상황에서 빠져나와야 한다는 것을 알고는 있다. 다만 자신이 관성을 깰 때의 파동을 견딜 만한 가치가 저 바깥세상 너머에 있다는 것에 대한 확신이 없을 뿐이다. 그녀들은 변화를 일으킨 후의 상황이 지금보다 더 나아지리라는 보장이 없으니 일단 견디자고 생각한다. 제자리를 지키고 있으면 최소한 더 나빠지지는 않을 것이고 견디다 보면 저절로 좋아질 수도 있을 거라고 여긴다. 그러나 단언하건대, 안 좋은 상황은 머물러 있을수록 점점 나빠지기 마련이고, 내 노력과 의지가 들어가지 않는 한 '빠져나와 마땅한 상황'이 저절로 좋아지는 일은 없다.

지금 처해 있는 상황이 너무나 힘들다면 일단은 그 상황 안에서 변화를 시도해보라. 타인과 일을 대하는 당신의 태도를 변화시켜보거나, 환경을 바꾸어보는 노력을 적극적으로 하라. 충분히 노력을 했는데도 그 상황이 당신을 계속해서 불행하게 만든다면 변화의 파고를 견딜 용기를 한 번 내보길 권한다. 단, 그런 때 절대로 당신과 같은 상황 안에 있는 사람에게 조언을 구해서는 안 된다.

앞서 이야기한 엉터리 병원에 있을 때, A의 어머니와 같은 병실에 있던 아주머니들은 이해할 수 없는 행동을 보였다고 한다. 그녀들은 그 병원의 서비스가 엉망이라고 침을 튀겨가며 불만을 토해내면서도 병원 옮기기는 힘들 거라고 말하며 퇴원을 시도하려는 A를 의기소침하게 했다. 그러다가 막상 적극적으로 퇴원 수속을 밟기 시작하자 돌연 태도가 변해서는 그래도 이만한 병원이 없다며 역성을 들기 시작했다는 것이다.

관성의 또 다른 특성은 다른 사람도 자신과 함께 머물러 있게 하려고 애쓴다는 것이다. 관성에 사로잡혀 있는 여자들은 마음속으로는 그 상황이 나쁘다는 것은 알고 있기 때문에 늘 불안하다. 그럴 때 같은 상황 속 다른 사람들의 존재는 내가 여기에 머물러 있는 합당한 근거가 되어 주는 것으로 보인다. 그래서 자신과 함께 다른 사람도 주저앉히려고 드는 것이다. 따라서 같은 상황에 처해 있는 사람에게 빠져나가야 하느냐 말아야 하느냐 조언을 구하는 것은 보험판매원에게 보험을 들어야 하느냐 말아야 하느냐를 묻는 것과 마찬가지로 의미 없는 일인 것이다. 병원의 아주머니들 역시 심보가 고약해서 A의 어머니가 머물도록 부채질한 것은 아니었다. 그녀들은 관성이라는 병에 걸린 환자일 뿐 선량한 주부들이었을 것이다.

늘 옷 가게 주인에게 아쉬운 말 하기가 싫어 흠 있는 옷을 사고도 대충 입는가? 어쩌다 데이트하게 된 싫은 남자에게 뚜렷한 거절의 말을 못 꺼내 몇 달째 마지못해 끌려다니고 있는가? 몰려다니는 친구들 중에 늘 교묘하게 당신에게 상처를 주는 친구가 있는데도 싸움이라도 날까 두려워 속앓이하고 있지는 않은가?

그렇다면 당신도 가벼운 관성병 환자이기 쉽다. 소중한 20대의 시간과 에너지를 고통스럽고 의미 없는 일을 참아내는 데 쓰기에는 너무나 아까운 일이며, 이것이 습관화되다가 병으로 굳어지게 되면 정작 자신이 하고 싶은 일을 아무것도 하지 못하게 된다.

사는 게 힘들다면 먼저 당신이 깨고 변화시켜야 할 일이 무엇인지부터 생각해보라. '구관이 명관' 이라는 속담은 틀렸다. 구관이 명관일 수도 있지만, 그것은 그가 구관이어서가 아니라 원래 명관이었기 때문에 뛰어난 것이다. 당신 삶의 시원찮은 구관을 갈아치우라.

삶을 갉아먹는 '걱정병'

'걱정도 팔자다.'라는 말이 있다. 맑은 날에는 우산 파는 첫째 아들이 장사가 안 될까 걱정하고, 비가 오는 날에는 짚신 파는 둘째 아들을 걱정했다는 옛이야기 속의 노파처럼 안 해도 될 걱정을 찾아서 하는 사람에게 쓰는 말이다. 우리는 자라면서 노파의 이야기를 들었을 때 왜 맑은 날에는 짚신 장수 하는 아들이 장사 잘될 걸 기뻐하고, 비오는 날에는 우산 장수 하는 아들 때문에 기뻐하지 못하나 하고 어리석음을 비웃은 적이 있다. 그런데 가만히 살펴보면 우리 여자들 중에는 그에 못지않게 걱정을 떠안고 사는 이들이 많다.

C는 스스로를 비교적 긍정적인 사람이라고 생각한다. 그녀의 생각대로 평소의 C는 잘 웃고 부정적인 말도 별로 하지 않는 무난하고 평범한 여자다. 그런데 살면서 조금이라도 문제가 생기기만 하면 사람이 달라진다.

한번은 동료 세 명과 함께 프로젝트를 맡게 된 적이 있었다. 그 세 명 중에 팀 내에서 비교적 불성실한 것으로 찍힌 사람이 끼어 있는 것을 알게 된 후, 그녀의 '걱정병'은 증세를 보이기 시작했다. 그녀는 틈만 나면 심각한 얼굴로 다른 두 명의 직원에게 틀림없이 벌어질 것으로 예상되는 걱정스런 상황에 대해 이야기를 했다.

"A씨가 사람은 좋은데 참 걱정이에요. 이번 일은 우리 회사의 사활을 걸고 벌이는 사업의 일부잖아요. 지난번처럼 A씨가 또 중요한 순간에 맡은 일을 안 해서 수주를 못 따내게 되면 무슨 낯으로 부장님을 봐요? 우리 모두 다음 승진 대상에서 빠지게 될지도 몰라요."

사실 A라는 직원이 불성실한 행동을 보인 건 단 한 번뿐이었다. 몸이 아프다고 조퇴해놓고 찜질방에서 남자친구와 있는 장면이 하필이면 팀 전체 회식 때 딱 맞추어 들통나버리는 바람에 평가가 안 좋아진 것이었다.

언뜻 이성적으로 보이는 그녀의 염려에 다른 팀원들도 불안해져 일이 손에 잡히지 않았다. 그러던 어느 날, 정말로 A가 연락도 없이 출근을 하지 않았다. 마침 A는 그날 필요한 중요한 서류를 들고 오기로

한 참이었다. 아침 회의 때 A의 빈 자리를 본 C는 의기양양 말하기 시작했다.

"그것 보세요. 제 말이 맞죠? 내 이럴 줄 알았다니까. 이제 우리 모두 시말서 쓸 준비나 해야 하는 거 아녜요? 그동안 야근을 밥 먹듯 해가면서 일을 했는데, 모두 허사가 되다니…."

그녀가 하늘이 무너지기라도 한 듯 말하자 다른 팀원들도 심각해져서 회의실 분위기는 말할 수 없이 무거워졌다. 그러나 그녀가 걱정하던 일은 일어나지 않았다. A는 잠시 후 회의실로 들어왔고, 미비한 서류 때문에 관공서에 들렀다 왔다는 말을 했다. 그녀의 전화를 받은 다른 팀 직원이 전해주는 것을 잊은 것뿐이었다. 당연히 A는 그 이후로도 전혀 문제를 일으키지 않았고, 모두가 무사히 프로젝트를 마무리할 수 있었다.

하루는 그녀의 걱정병에 질려버린 동료 하나가 조심스럽게 말을 꺼냈다.

"C씨는 안 해도 될 걱정을 너무 하는 거 아녜요? 결국 다 잘됐잖아요."

그러자 그녀는 별 희한한 말을 다 한다는 듯이 대답했다.

"그럼 상황이 잘못될 수도 있는데 무조건 잘되겠지 생각하며 대책 없이 있으란 말이에요? 있을 수도 있는 최악의 상황에 대비하는 게 뭐가 나빠요? 전 절~대로 쓸데없는 걱정을 하는 사람이 아니에요."

C와 같은 종류의 걱정병 환자들은 결코 자신이 걱정 많은 사람이라는 것을 인정하지 않는다. 자신이 합리적인 사람이라고 생각하는 그녀들은 자신이 하는 걱정 자체가 불투명한 미래에 대한 대비책이라고 착각하기도 하고, 대상에 대한 관심과 애정의 표현이라고 생각하기도 한다. 그러나 걱정병 환자치고 정말 현실적인 대비책을 속 시원히 내놓는 사람은 없다. 걱정으로 꽉 찬 사람의 머리에서는 문제를 해결할 창의적인 방법이 떠오르지 않게 되어 있기 때문이다.

겉으로 보기에는 소신 있고 합리적일 것 같은 C와 같은 여자들은 '걱정을 안 하려고 해도 자꾸 걱정이 돼요. 나 자신이 미워요.' 하고 말하는 이들보다 더 심각하다. 도무지 계몽의 여지가 없으니 말이다.

어떤 종류가 되었건 걱정병은 반드시 고쳐야 한다. 걱정병에 걸린 여자들이 탄 인생의 배는 세상의 험한 풍파를 만났을 때 좌초되기 십상이고, 파도가 무서워 아예 바다에 나가지도 않는다. 누군가 말했듯이 항구에만 머물러 있는 배는 배가 아니다.

고민하라, 그러나 걱정은 하지 말라

한번은 걱정이 너무 많은 친구를 붙들고 사정하다시피 말한 적이 있었다.

"제발 걱정 좀 하지 마. 네가 걱정하는 일은 일어나지 않아. 만약 이번에 네가 걱정하는 일이 잘되면 그때는 내 말을 믿을래? 이번에 정말 일이 잘되면 그때부턴 걱정하는 버릇 고치는 거야. 약속하는 거다?"

친구는 너무나 걱정이 된 나머지 그렇게만 된다면 내 말을 믿겠노라고 대답했다. 하지만 나중에 정말로 일이 잘 풀렸을 때 내가 그 이야기를 꺼내자 친구는 약속 따위는 까맣게 잊은 듯 이렇게 대답했다.

"애, 일이 잘 풀리려니까 그렇게 된 거지. 그렇다고 어떻게 걱정을 안 하고 사니? 세상일이 어디 그렇게 호락호락하디? 당장 이번 일은 잘됐지만 나중에 잘못되지 말란 법이 없잖아."

그녀의 말이 틀린 건 아니다. 세상에는 언제나 최악의 상황이 벌어질 가능성이 존재한다. 예를 들어 우리 모두는 일주일 안에 밤길에 강도를 만날 가능성이 있다. 그러나 단지 걱정을 한다고 해서 그런 일을 예방하는 데 도움이 되는 것은 아니다. 우리가 할 수 있는 일은 늦은 밤에 혼자 다니지 않고, 호신용 사이렌 기구를 핸드폰에 다는 등의 대비책을 세우는 것이다. 이렇게 어떤 일에 대비하기 위해서는 고민이라는 것을 하게 마련인데, 일단 고민을 해서 내 능력 안에서의 최선을 다했다면 그때부터는 걱정을 하지 말아야 한다. 어쩐지 걱정을 해주어야 일이 잘될 것 같다는 근거 없는 믿음을 버려라.

심약한 여자들 중에는 걱정을 함으로써 미래에 당할 고통을 미리 당하면 나중에 충격을 덜 받을 것 같다는 생각에 걱정을 사서 하는 이들도 있는 것 같다. 사람들이 걱정하는 것의 90%는 실제로 일어나지 않는다고 하지만, 백 번 양보해 그들이 걱정하던 일들이 정말 일어난다고 가정해보자. 그렇다고 해서 굳이 미래의 불행한 시간을 앞당겨서 살 필요가 있을까? 걱정은 현재를 사는 그들의 행복을 갉아먹고, 불행한 현재는 그들이 그토록 두려워하는 불투명한 미래를 더욱 어둡게 만든다.

관계지향적인 우리 여자들은 좋지 않은 일에 맞닥뜨린 주변 사람을 걱정해주고 염려해주는 것이 마땅하다고 생각하는 경향이 있다. 하지만 그런 종류의 관심이 무관심만 못한 경우도 많다. 걱정이 공허한 습관으로서의 바닥을 고스란히 드러낼 때, 가뜩이나 마음이 어수선한 당사자는 더욱 상처받고 부정적인 생각에 빠져들게 되니 말이다.

남을 향해서나 자신을 향해서나 습관적인 걱정은 제발 삼가자. 최선을 위한 고민만을 짧고 깊게 하고 걱정은 그만두자. 걱정이란 게 10원어치의 효용도 없다는 것을 알고 나면 그것을 끊는 것도 그리 어렵지만은 않을 것이다.

똑똑한 여자 증후군

잘난 그녀가 성공하지 못한 이유

B는 일류대를 졸업하고 영어 성적도 훌륭한 나무랄 데 없는 재원이다. 뿐만 아니라 행동이 절도 있고 언변도 뛰어나서 무슨 일을 맡겨도 잘할 사람이라고 두루 인정받는다. 그런 그녀이지만 30대 중반이 되어 가는 지금은 어찌된 일인지 평범할 뿐이었던 고교 동창생들보다 나을 것 없는 삶을 살고 있다. 이름만 그럴듯한 직장 두어 군데에 잠깐씩 적을 두었다가 어느 날 갑자기 고시 준비를 시작했고, 그것마저 이내 포기하고는 돌연 결혼과 임신을 연달아 해버렸다. 무언가를 꾸준히 하지 못하고 쉽게 포기하는 그녀는 하던 일을 하나씩 그만둘 때마다 그 일을 그만둘 수밖에 없는 아주 합리적이고 타당한 이유들을

댔다. 요가 하나를 배우다 그만두더라도 보통 사람들이라면 '바쁘다 보니까 꾸준히 하기 힘들더라고…' 하고는 머리 긁적이며 넘어갈 텐데 그녀는 상대방이 두 손 들고 항복할 때까지 그 이유에 대해 논문 한 편을 썼다.

"요가라는 게 생각보다 위험한 거 알고 있었어? 잘못하면 기를 다 치기 쉽고 부상을 입을 수도 있어. 특히 요가만큼은 좋은 강사한테 배워야 하는데 그런 강사를 웬만해서 만날 수가 있어야지. 우리나라에서는 요가 강사 자격증을 남발하는 경향이 있는데 이거 정말 문제야. 그리고 내가 다니던 요가학원은 하타 요가를 하는 데였는데, 너무 덥게 해놓아서 체질에 안 맞더라고. 난 소음인이라서 땀을 너무 많이 흘리면 오히려 독이 되거든."

그녀의 말을 듣다 보면 그녀가 정말 요가를 계속 하면 큰일 날 것만 같을 정도였다. 아주 사소한 일까지 이런 식이다 보니 어느 누구도 그녀에게 충고라는 것을 해주지 않았다. 아니, 해줄 수가 없었다.

매사 똑 부러지는 그녀는 훌륭한 주부다. 항상 똑똑한 여자로 대우받으며 살았던 자존심으로 살림에 매달려 '역시 많이 배운 사람은 집안일을 해도 남다르다니까.' 하는 소리를 들어냈다. 그런 그녀가 어느 날 패밀리레스토랑 할인이 된다는 신용카드를 만들러 은행에 갔다가 단칼에 거부를 당했다. 감히 그녀에게 그런 대우를 한다는 것이 기가 막혀 따져 물었더니 개별적인 수입원이 없기 때문에 어쩔 수 없다고 했다.

 그 일을 계기로 가만히 생각해보니 그녀는 이제까지 뚜렷하게 이루어놓은 것이 하나도 없었다. 한 분야에서 인정받을 만한 경력을 쌓은 것도 아니고, 그렇다고 모든 걸 포기하고 보헤미안처럼 산 것도 아니었다. 프로 주부라고 자부해오긴 했지만 그마저 집안일에 안주하고 있는 자신을 위한 변명이 아니었나 하는 생각이 들었다. 이제까지는 막연하게 자신은 능력이 있으니 앞으로 일을 하고 싶으면 얼마든지 할 수 있다고 큰소리쳤지만 새삼 '과연 그럴 수 있을까?' 라는 의문이 들었다.

 한눈에 보기에도 영리하고 자신감 넘치는 여자들, 출신도 좋고 성격도 괜찮은 그녀들은 탄탄대로를 달리며 모든 꿈을 이룰 것만 같다. 물론 사회에서 두각을 드러내는 여성들의 절대다수가 그런 여성들이며, 꿈을 이루고 성공을 할 만한 능력을 실제로 갖추고 있는 경우도 많다. 그러나 안타깝게도 그 똑똑한 여자들의 자기애가 성공의 걸림돌이 되는 경우도 있다.

 열등감보다는 지나치더라도 자신감 쪽이 낫긴 하지만 그 자신감을 보호하려는 노력에 너무 필사적이다 보면 그리 큰 퇴보는 없고 뚜렷한 전진도 없는 삶에 그럭저럭 머물게 된다. '똑똑한 여자 증후군' 에 걸린 여자들이 바로 그 당사자들이다.

행동을 하는 것이 진정한 똑똑함이다

자신감은 꼭 필요한 것이다. 그러나 자부심이 너무 강해 자신이 무언가를 포기했거나 실패했다는 것을 인정하지 못한다면 그 인생에는 절대로 발전이 없다. 남들로부터 똑똑하다는 소리깨나 듣던 여자들 가운데는 B처럼 아까운 머리를 자기 변명 하는 데 더 많이 쓰는 여자들이 꽤 있다. 그녀들은 주관이 너무 뚜렷해서 남들이 자신을 실패한 사람으로 보는 것을 결코 용납하지 않는다. 어떻게든 자신이 그런 선택을 한 이유를 상대방이 납득하고 동조하게 만든다. 그렇기 때문에 그녀를 아는 사람들은 그녀가 한 가지 일에 대해서 실패를 하거나 포기를 해도 그녀를 능력 없는 사람으로 생각하지는 않는다. 그 시선을 의식해서인지 그녀들은 정말 자신에게 유리한 선택보다는 항상 똑똑한 여자라는 체면에 걸맞은 선택을 하게 되는 경우가 많은 것 같다. 그러나 모두가 그녀를 똑똑한 여자로 인정해준다고 해서 현실적으로 달라지는 건 아무것도 없다.

어떤 일에서건 뭔가를 이루어내기 위해서는 뚝심이 필요하다. 어느 정도의 장애물이 있더라도 그 고비를 넘기고 다음 단계로 올라서서 본격적인 궤도에 오르는 게 성취의 수순인데, 똑똑한 여자 증후군 환자들은 고비를 넘겨야 할 단계에서 뚝심을 발휘하지 못해 포기하고도 모든 것을 '인간의 힘으로는 어쩔 수 없는 부당한 현실' 탓으로만 돌린다. 그 변명이 너무나 그럴듯해서 남뿐만 아니라 자기 자신도 깜박

속는다. 이 병의 가장 큰 폐해는 이처럼 타당하기 그지없는 합리적인 이유로 들리지만 결국엔 변명에 불과한 이야기들을 남보다 자기 자신을 설득하는 데 더 많이 적용하게 된다는 것이다.

'똑똑한 여자 증후군' 환자들은 눈에 띄게 오만한 것도 아니고, 매우 상식적이며, 일 처리도 비교적 잘 해내기 때문에 남도 자신도 문제를 인식하기가 쉽지 않다. 정말 똑똑한 여자들과 똑똑한 여자 증후군 환자를 구분할 수 있게 해주는 것은 '행동력'이다. 이 일 저 일을 일단 저지르고 보아 남 보기에 실천력 있어 보이는 겉보기뿐인 것이 아니라 반드시 결과를 보고야 마는 뚝심 있는 행동력 말이다. 변화와 발전의 연료인 행동이 없다면 똑똑함도 병일 뿐이다.

자신감과 뚜렷한 주관을 가진다는 것은 여자에게 큰 자산이다. 똑똑한 여자 증후군에 걸린 여자들이 겸손함을 배워 변명만 일삼는 자신을 돌아볼 수만 있다면 반드시 한세상 똑 부러지게 잘 살아낼 수 있을 것이다.

Chapter 3

20대에 새로 익히는 행복의 기술

험난한 세상에 태어나 분투하며 살아가는 장한 나 자신에게
근사한 삶을 살아볼 기회를 주는 것은 우리 모두의 의무다.
소중한 당신이 매일 행복을 느낄 수 있도록 노력을 하라.
행복도 습관이다.

햇빛 들지 않는 집에서
당장 나오라

한 발짝만 나서면 거기에 빛이 있다

전에 해가 잘 들지 않는 어두운 집에 산 적이 있었다. 지하도 아닌데 길 건너편 건물 때문에 묘하게 그늘이 져서 집 전체가 언제나 밤처럼 어두운 곳이었다. 날씨가 추워서 집에서 작업하기로 결정한 어느 겨울, 나는 그만 우울증에 걸려버리고 말았다. 며칠 밤낮을 햇빛은 구경도 못한 채 컴퓨터 모니터만 들여다봤으니 당연한 일이었다.

나는 컴컴한 방구석에 누워 중얼거리곤 했다.

"해가 잘 드는 집으로 이사 갔으면 좋겠어."

어느 날 문득, 나는 도서관에라도 가야겠다는 생각을 했다. 노트북을 싸 들고 집 밖으로 나서는 순간, 나는 탄성을 질렀다. 겨울 하늘은

놀랍도록 푸르고 햇살은 맑고 밝았다. 햇살 가득한 거리를 좀 걷자 나는 금세 행복해졌다. 고질적으로 나를 괴롭혔던 우울증은 단 2초 만에 사라졌다. 도서관에서 해가 잘 드는 곳에 자리를 잡고 앉으니 일에도 능률이 올랐다. 나는 그동안 내가 왜 집 밖으로 나오려 하지 않았는지 스스로를 이해할 수 없었다.

그러나 다음 날 아침이 되자 생각이 달라졌다.

전날 그렇게 좋았던 것을 빤히 기억하고 있으면서도 나는 날씨도 추운데 편하게 집에서 일을 하고 싶다는 충동에 사로잡혔다. 집 안이 이렇게 어두우니 밖에 나가도 비슷하게 하늘이 흐려 있을 것 같은 생각도 들었다. 유혹을 떨치고 밖에 나섰을 때, 나는 내 선택이 옳았다며 쾌재를 불렀다.

우스운 건 내가 그런 경험을 하고서도 매일 아침마다 어두운 집에 머물러 있고 싶은 충동과 싸우기를 반복했다는 것이었다. 밖에 나가면 찬란한 햇살이 있고, 아름다운 세상이 있는 게 너무나 분명한데도 나는 햇살이 내 창가로 찾아와 주지 않는다는 이유만으로 그 존재를 아침마다 잊게 되는 것이었다. 그건 건망증이 있는 시원찮은 내 머리 탓이었을까?

그때 처음 깨달았지만 우리나라의 겨울은 그 어느 계절보다 맑은 날이 많다. 비록 일조량은 적지만 해가 떠 있는 시간이기만 하면 얼마든지 해바라기를 하며 기분전환을 할 수 있는 때이기도 한 것이다. 그걸 잘 알면서도 나는 그늘진 풍경밖에 보이지 않는 우리 집 창가에 서서는, 밖에도 찬란한 햇빛은 비치지 않을 거란 착각에 빠졌다. 그러나 그건 내가 유독 게을러서도, 기억력이 나빠서도 아니었다. 사람은 아무리 좋은 것이 있어도 눈으로 보고 손으로 만지지 않는 한 그 존재를 실감하지 못하게 되는 것 같다.

긍정적인 생각을 갖고 사는 일이 꼭 이렇다. 나를 둘러싸고 있는 환경에서 한 발짝만 벗어나면 세상엔 얼마든지 나를 유쾌하고 행복하게 해줄 일들이 많은데, 막상 그늘에 있는 동안에는 그 존재를 도무지 믿을 수가 없게 되는 것이다.

당신이 험난한 세상을 사는 많은 사람들처럼 불안하고 슬픈 나날을 보내고 있다면 당장 무거운 엉덩이를 일으켜서 밖으로 나서보기 바란다. 미처 기대하지 못했던 찬란한 햇살이 당신을 기다리고 있을 것이다.

행동하지 않으면 긍정적인 생각도 없다

모든 종교에서, 모든 처세서에서, 모든 윤리적 가르침에서 긍정적인 생각을 가지라고 가르친다. 귀에 딱지가 앉을 정도다. 그래서 너무나 뻔한 말이라고 흘려듣게 된다. 그러나 '한다 하는 사람들이 이처럼 이구동성으로 같은 말을 할 때에는 다 이유가 있겠지.' 하는 생각을 해본 적은 없는가?

200 대 1의 경쟁을 뚫고 시험에 합격한 친구에게 비결을 물었더니 이렇게 말했다.

"무조건 된다고 생각하고 공부했지. 합격하면 발령받을 때까지 노는 동안 다녀올 여행 계획까지 짜뒀었어."

그 친구의 말이 경쟁이 치열하다고 해서 '되기 힘들겠지.' '운이 좋아야 붙지 않을까?' 하는 마음으로 공부하는 사람은 절대로 시험에 붙을 수가 없다고 한다.

시험뿐 아니라 우리 삶의 어떤 국면에서도 긍정적인 생각 없이는 좋은 끝을 바랄 수가 없는 게 현실이다. 내가 하는 모든 일이 잘될 거라는 굳은 믿음은 눈 가리고 아웅하는 식의 자위가 아니다. 정말로 현실에서의 삶을 변화시킬 수 있는 유일한 방법이며 행복의 기본 조건이다.

하지만 나를 우울하게 하는 부정적인 상황 안에 들어앉아 가만히 있으면서 '긍정적이자, 긍정적이자' 한다고 해서 생각이 긍정적으로 바뀌기는 무척 힘들다. 내가 해가 들지 않는 집 안에서 찬란한 바깥세상의 존재를 자꾸 잊었듯, 부정적인 상황 안에서 긍정적인 생각을 유지하기란 힘든 일이다. 물론, 내가 해 잘 드는 집을 찾아 금세 이사할 수 없었던 것처럼 부정적인 상황을 아예 벗어나는 것은 쉽지 않다. 그러나 일종의 '액션'을 통해 긍정적 상황을 접해볼 수는 있다.

'긍정 일기' 또한 그런 '액션' 중의 하나다. 일기를 하루 동안 있었던 일들을 시시콜콜 적거나 슬프거나 화났던 일들을 마구잡이로 써 내려가는 배설 통로로 활용하기보다는 그날 있었던 일에서 좋은 면과 앞으로 있었으면 하는 좋은 일들만을 적는 것이다.

긍정 일기는 단 하루만 써도 효능이 나타나서 쓰다 보면 나도 모르게 기분이 훨씬 나아진다. 꾸준히 적다 보면 단순히 긍정적인 생각을 가지는 것을 넘어서서 인생의 설계도가 되어 주기도 한다. 원하는 바를 적다 보면 그것을 이룰 수 있는 현실적인 방법들도 척척 생각이 나주고, 실천할 의지도 다잡게 된다. 학교 때 배운 '일기는 수필의 일종'이라는 생각으로 글쓰기에 부담을 느끼지 않아도 좋다. 내 생각을 적을 수만 있다면 단문을 나열한 것이면 어떻고 도표로 그린 것이면 어떤가.

일기를 이런 식으로 쓰다 보면 '나는 참 운이 좋고 행복한 여자야.'라는 생각에 대한 변명을 찾아 쓰게 되는데, 머지않아 그런 긍정적인 변명들이 정말로 '내가 행복한 이유'로 육화(肉化)된다. 지구상의 동물 중 유일하게 사고체계를 가졌다는 인간도 생각만으로는 아무것도 납득하고 실천할 수 없다. 종이에 쓰는 것과 같은 사소한 것일지라도 무언가 행위를 할 때에야 비로소 세상이 내가 원하는 좋을 일들을 얼마든지 이룰 수 있는 햇빛 찬란한 곳이라는 걸 믿을 수 있게 되는 것이다.

　그 밖에도 나를 그늘에서 나오게 해줄 행동들은 얼마든지 있다. 평소와는 다르게 포인트를 준 옷을 입어 빈말일지라도 주변에서 '예쁘네'라는 소리를 들어보기, 긍정적인 에너지를 주는 책을 읽고 불끈 주먹 쥐어보기, 사람들에게 커피 한 잔씩 돌리고는 그들의 고맙단 말을 들으며 모두들 내게 호의를 갖고 있다는 착각에 빠져보기 등등 나 자신을 기분 좋게 하는 사소한 일들이 모두 '긍정의 액션'이 되어 줄 수 있다. 하루에 한 번씩 자신만의 액션을 찾아 실천해보자.

　20대는 그늘에서 겉멋 든 우울과 고독을 씹는 시기가 아니다. 왜 그늘에 들어앉아 내게는 해가 들지 않는다고 불평하고 있는가? 보통의 사람들은 나이가 들면 달관과 포기의 심정으로 '잘되겠지' 혹은 '안돼도 그만'이라는 속 편한 생각을 선물로 받게 된다. 남보다 앞서 김 빠진 긍정이 아닌 액션이 가미된 펄펄 끓는 긍정을 가지게 된다면 온 세상이 당신 것이 될 수 있다. 앞으로의 삶을 근사하게 살기 원하는 당신에게 긍정적 생각을 갖기 위한 노력은 선택이 아닌 필수다.

행복은 운이 아니라 노력이다

좋은 기분으로 사는 게 행복이다

20대에는 행복이란 말에 별로 관심이 없었다. 행복이라는 말을 들으면 뚜렷한 이유 없이 반발심부터 생겼다. 뭔가 잘 살고는 싶은데 그게 행복이라는 단어로 표현될 것은 아닌 듯했다. 내가 막연히 원하던 것은 행복, 그 이상이었다. 그러나 지금 돌아보니 결국 내가 원하던 건 행복이었다. 내가 행복을 오해하고 있었던 것뿐이었다.

20대 여성들이 30대 여성들처럼 행복이라는 단어를 잘 쓰지 않는 것은 행복이란 말이 현재로서의 의미를 가지고 있기 때문이다. 꿈 많고 미래지향적인 20대들이 현재에 안주하는 것만 같은 행복이란 말을 좋아하지 않는 것은 어찌 보면 당연하다. 30대가 지나서 모든 게 결정된 다음에 그때부터 행복해지겠노라고 하는 것도 이해가 된다. 그러나 지금 행복하지 못한 사람은 미래에도 행복해지기 힘들다. 행복은 좋은 상황의 결과물이 아니라 기분 좋은 순간의 총합이기 때문이다.

K는 학벌에 대한 욕심과 미련이 많았다. 자신이 지방에 있는 대학에 다니고 있다는 사실을 어딜 가나 떳떳이 말하지 못했다. 결국 휴학계를 내고 수능 공부를 시작해서 서울에 있는 중위권 대학에 합격했다. 그러나 K는 그 학교에도 만족할 수 없었다. K는 학교에 다니는 동안 미팅 한 번 하지 않고 이를 악물고 공부를 해서 소위 일류대 대학원에 들어갈 수 있었다. 타 대학 학부생들에게는 결코 만만치 않은 대학원 과정을 죽을 힘을 다해 마치고 난 어느 날 그녀는 이제 자신이 원하는 삶을 얻게 되었나 생각해보았다.

그녀는 그동안 만족스럽지 못한 학벌 때문에 스스로를 불행하다고 느꼈다. 그런데 이제 그걸 얻었는데도 행복하다는 생각이 들지 않는 것이었다. 자신이 공부에 몰두하는 동안 연애에 도가 튼 친구들을 우습게 보다가도 왠지 모르게 위축되곤 했다.

대체 뭐가 잘못된 것일까? 이제껏 자신이 살아온 방식에 회의를 느끼게 된 K는 앞으로 어떻게 살아야 할지도 막막해지기 시작했다.

K가 지금 불행한 건 이제까지 지내온 삶의 과정들 속에서 행복하지

못했기 때문이다. K가 정말 학구적인 사람이었다면, 그래서 공부하는 순간을 진심으로 즐길 수 있는 사람이었다면 지금과 같은 난감한 상황에 봉착하지는 않았을 것이다.

많은 20대들이 미래의 행복을 위해 현재의 고통을 감수해야 한다고 생각한다. 당장 고통을 참지 못하는 게 문제지 참기만 하면 미래의 행복이 보장될 거라고 믿는다. 그러나 지금 행복하지 않으면 미래에도 행복할 수 없다. 숱한 고난의 세월을 견디고 성공해 비로소 행복하게 살게 되었다는 사람들도 잘 관찰해보면 그 어려움의 시간조차 나름대로 즐길 줄 알았다는 것을 발견하게 된다.

행복이란 지금 이 순간을 좋은 기분으로 사는 것이다. 일로 대성할 사람이 정말 행복한 순간은 소위 '대박'을 터뜨릴 미래의 순간이 아니라 열심히 일한 다음 쉬면서 커피 한 잔 마실 때다. 물론 안 좋은 사건으로 일시적으로 기분이 나빠질 수 있지만 본질적으로 '나는 행복한 사람이다.'라는 생각이 흔들리지 않는 사람이 진짜 행복한 사람이며 앞으로도 행복할 사람이다.

당신이 선택한 삶의 길에서는 매 순간을 즐길 수 있도록 노력하라. 당신이 결코 즐길 수 없는 일이라면 미래의 행복을 위한 일이라고 해도 선택하지 말라.

내 삶의 장면에 BGM을 깔아라

같은 상황이라도 긍정적으로 기분 좋게 사는 사람이 있는가 하면 내내 이맛살을 찌푸리며 불평만 하는 사람도 있다. 사람들은 그런 긍정, 부정의 성격이 이미 정해진 것이며 변화하기 힘든 것이라고 생각한다. 그래서 긍정적으로 좀 살아보자 노력을 해보다가 좌절하면 나는 안 되는 사람이구나 하고 포기해버리곤 한다. 그러나 태어나면서부터 어둠의 자식인 사람은 없다. 긍정적인 생각과 성격은 천성이나 환경보다는 노력에 좌우되는 것이기 때문이다.

윌리엄 제임스라는 심리학자의 유명한 연구에 따르면 감정과 표현은 동시성과 상호성을 갖고 있는 것이란다.

우리는 흔히 기분이 좋아야만 웃을 수 있는 것이라고 생각한다. 즉 기쁨과 같은 감정이 웃는 것과 같은 표현보다 앞서는 걸 당연히 여기는 것이다. 그러나 반대로 감정 없는 웃음을 먼저 웃을 때에도 기분 좋은 감정이 생기도록 우리의 뇌가 설계돼 있다는 걸 아는 사람은 많지 않다. 그러니까 별다르게 기분 좋은 일이 없어도 콧노래를 부르고, 대수롭지 않은 일에도 잘 웃고, 가볍게 발걸음을 걷는 등 기분 좋을 때 하게 되는 표현들을 하게 되면 따라서 기분도 좋아진다는 것이다. 이 얼마나 편리한 일인가! 오로지 상황과 천성에 의해서만 좋은 기분으로 살 수 있다면 정말 억울할 뻔했다.

원래 사람은 누구나 어두운 본성을 가지고 있다고 한다. 중국 고대의 성악설을 이제 와서 지지하자는 게 아니다. 심리학에서 물리학의 엔트로피까지 끌어다가 설명한 바에 의하면 사람의 마음은 아무런 노력 없이 그냥 내버려두면 저절로 부정적이고 어둡고 무질서한 방향으로 흐르게 되어 있다는 것이다. 우리가 주변에서 간혹 보게 되는 긍정적이고 해맑은 성격의 사람들은 애초에 그렇게 태어난 것이 아니라 엄청나게 노력하는 사람들이었던 것이다. 그래서 세상에는 긍정적인 사람보다는 부정적인 사람이 훨씬 더 많은가 보다.

당신이 젊음과 무한한 기회가 있음에도 불구하고 장밋빛 미래를 도무지 꿈꾸지 못하는 불행한 청춘이라면 모든 일을 기분 좋게 생각하는 사고 구조를 가진 사람이 되도록 노력을 하라. 어떤 일이든 노력하는 게 쉽지는 않지만 부정적인 생각 안에서 받는 고통에 비할 바가 아니다.

영화에서 열심히 일하는 장면 위에 슬픈 음악이 흐르면 주인공의 처지가 고단해 보인다. 반면 똑같은 장면이라도 유쾌한 음악이 흐르면 그 노동이 아름다운 것으로 보이고 주인공의 미래가 밝을 것으로 예상된다. 밝고 근사한 음악을 마음에 품고 매일 당신의 삶의 장면에 BGM을 깔아라. 당신이 주인공인 영화는 선택한 음악의 색깔대로 줄거리가 진행될 것이다. 이왕이면 매일매일이 해피엔드면 좋지 않겠는가.

험난한 세상에 태어나 분투하며 살아가는 장한 나 자신에게 근사한 삶을 살아볼 기회를 주는 것은 우리 모두의 의무다. 소중한 당신이 매일 행복을 느낄 수 있도록 노력을 하라. 행복도 습관이다.

건전한 욕심을 즐겨라!

욕심 없는 사람은 불행한 사람이다

C네는 2년 전 집을 넓혀서 이사를 했다. C를 비롯한 가족들은 새 집이 너무나 좋아서 한동안 잠을 못 이룰 정도였다. C의 어머니는 매일 집 여기저기를 보석처럼 닦아냈고, C와 남동생은 어머니가 잔소리를 하지 않아도 비싼 원목 마루가 상할까 봐 의자 끌기를 조심했다. 아버지도 드러내놓고 좋은 티를 내지는 않았지만 확실히 전보다 일찍 퇴근하는 눈치였다.

그러나 요즘은 가족 모두가 새집에 대해 시들해졌다. 전처럼 집에만 들어와 있어도 행복하거나 기분이 좋아지거나 하지 않는 것이다. 원목 마루가 깔린 식탁 의자를 함부로 끌어다 앉는 C를 본 어머니가 맥이 탁 풀린 목소리로 푸념 비슷하게 말했다.

"이젠 너나 나나 마루가 긁히건 말건 신경도 안 쓰게 되는구나. 처음 이사 올 땐 이 집이 너무 좋았고, 세상에 바랄 게 없을 것 같더니만…. 사람 마음이란 게 이렇게 간사한 거야. 욕심이란 채워도 채워도 끝이 없는 거지. 그저 가진 것에 만족하면서 살 줄 알아야 하는 거야. 그러니까 너도 너무 그렇게 이것저것 기를 쓰고 배우려고 하지 말고, 남자도 너무 고르지 말고 그저 무난한 사람 찾아 시집이나 가. 행복은 마음먹기 나름이야."

C는 어머니 말에 전적으로 동의할 수는 없었지만, 딱히 반발할 말도 떠오르지 않았다.

'행복이야 엄마 말씀대로 마음먹기 나름이겠지만 사람의 욕심이 끝이 없으니 아예 그 욕심을 채우는 것을 그만두어야 한다는 말이 정말 맞는 걸까? 아등바등 열심히 사는 내 노력들이 별 의미가 없는 것인가?'

C 어머니의 말씀대로 사람의 욕심이 끝이 없는 건 맞다. 그러나 그렇다고 더 나은 삶을 살고, 더 좋은 것을 갖기를 미리 포기한다고 해서 행복해지는 건 결코 아니다. 사람이 행복을 유지하려면 확고히 선 자아가 필요한데, 욕심도 그 자아의 커다란 일부다. 욕심을 포기하는 건 자아를 포기하는 것이다. 그래서 세상에 대해 더 이상 아무것도 바

라는 것이 없는 사람들이 자살을 한다. 먼 옛날 중국의 도가에서 속세의 미련을 버리고 수십 년 수행을 했던 사람들에게조차 불로장생하는 신선이 되고자 하는 뚜렷한 욕심이 있었다. 당신에게 먹고 싶은 것도 많고, 갖고 싶은 것도 많고, 되고 싶은 것도 많다면, 당신은 행복의 자질이 있는 사람이다. 이미 세상을 생기발랄하게 잘 살아내고 있는 사람이다.

우리가 행복해지려면 '만족' 이라는 말을 끌어다가 욕심을 억누를 것이 아니라 평생을 두고 끊임없이 욕심을 채워주어야 한다. 우리 인간은 아무리 좋은 상태라도 그 자리에 오래 머물러서 행복을 느낄 수 있게 생겨먹은 동물이 아니다. 그래서 같은 양의 행복을 유지하려면 날마다 조금씩 어느 면에서건 삶이 더 나아져야 한다. 그게 바로 세상 사람들이 말하는 '발전' 이다. 이 법칙에는 예외가 없어서 아무리 모든 것을 갖춘 사람이라도 자꾸만 변화와 발전을 꿈꿀 수밖에 없다. 어느 재벌 2세는 가지려고 노력할 여지가 너무 없어서 불행하다고 말하지 않았다던가.

행복에 예민해져라

우리가 행복해지기 위해서는 분명 욕심을 가지고, 그 욕심을 채워야 한다. 그러나 우리를 행복하게 하는 욕심은 '탐욕' 과는 다르다. 탐욕의 대상은 원하는 지위나 물건 그 자체이지만 건전한 욕심의 대상은 그것들을 갖기 위해 거쳐야 하는 과정이다. 건전한 욕심을 가진 사람은 그 욕심을 채우기 위해 노력하는 과정 그 자체만으로도 행복을 느낀다. 그래서 탐욕은 사람을 황폐하게 만들지만, 건전한 욕심은 삶을 풍요롭게 만든다.

앞서 말한 적이 있지만 나는 햇빛이 들지 않는 집에서 산 적이 있었다. 빛이 그립다 못해 도서관에 가서 양지 바른 창가에 앉아 싸 들고 온 일거리를 펼쳐 놓고 몰두했는데, 고개를 들어 보니 어느덧 해가 저물고 있었다. 그때, 저 멀리 그날의 마지막 햇빛을 끝까지 받고 있는 높은 건물이 내 눈에 들어왔다. 그건 지은 지 얼마 안 된 비싸기로 소문난 고층 아파트였다. 도시의 모든 집들이 막 그늘에 들어섰는데 자리를 잘 잡은 그 아파트의 상층부는 여전히 눈부신 햇살을 반사하고 있었다. 나는 빛이 잘 든다는 이유만으로 언젠가 저 집에 들어가 살고야 말겠노라는 욕심을 품었다.

그 이후로 항상 그 건물이 잘 보이는 자리에 앉아 일을 했다. 일을 하다 눈을 쉬려 창밖을 내다볼 때마다 나는 몹시도 행복한 기분이 되었다. 덕분에 일도 더 즐겁게 열심히 할 수 있었다. 내 욕심의 대상을 바라보는 것이 그렇게까지 기분 좋은 일일 줄은 몰랐다. 도서관에서 창밖을 내다보며 혼자만의 고요한 행복에 빠져들었던 그때의 기억은 지금도 좋은 추억으로 남아 있다.

　머지않아 나는 정말로 이사를 하게 되었다. 물론 내가 늘 바라보던 그 고층 아파트는 아니었지만 햇빛이 잘 드는 밝은 집으로 이사를 하게 되었을 때 뛸 듯이 기뻤다. 나는 내가 그때 품었던 욕심이 환한 집을 갖게 해준 것이라고 확신한다.

　탐욕은 소유에 대한 중독이다. 중독이란 행복을 느끼는 역치(감각에 반응을 일으키는 최소한의 강도)가 점점 올라가는 것을 뜻한다. 그래서 어떤 종류이건 중독자는 기쁨에 둔감하다. 탐욕을 경계한다면 욕심을 버리려는 의미 없는 노력을 할 게 아니라 행복의 역치를 낮추어야 한다. 즉 기쁨에 예민해져야 하는 것이다.

　욕심을 품게 되었다면 그 대상에 조금씩 다가가는 단계에서마다 기쁨을 느껴야 한다. 내가 그 고층 아파트를 바라보는 것만으로도 행복했던 것 역시 욕심의 대상이 생긴 것 자체가 그것에 다가가는 첫 단계로 여겨졌기 때문이었던 것 같다. 내가 건전한 욕심이 아닌 탐욕을 가진 사람이었다면 행복은커녕 그 집을 소유하지 못했다는 사실 때문에 깊은 좌절감을 느꼈을 것이다. 또한 소원이던 환한 집으로 이사를 가고도 그 집에 한참 못 미치는 곳이라는 사실 때문에 별 기쁨을 느끼지 못했을 것이다.

　우리 뇌에는 감정을 느끼는 변연계라는 부분이 있다. 이 변연계가 자극되면 기쁨과 행복을 느끼게 된다. 어떤 감각이건 자극에 자꾸 노출되면 둔감해지게 마련이지만, 희한하게도 변연계는 그 반대라고 한다. 기쁨을 느낄수록, 행복을 느낄수록 점점 더 예민해져서 나중에는 작은 일에도 행복을 느끼게 되는 것이다.

일부러라도 기뻐하는 감정을 가지려고 노력해 변연계를 예민하게 만들자. 그래서 당신의 삶이 당신의 욕심을 향해 한 발짝씩 옮길 때마다 어린아이처럼 기뻐하라. 그러면 틀림없이 행복해지고 실제의 삶도 발전할 것이다.

투자에 맛을 들이라

Input이 없으면 output도 없다

다세대 원룸 주택에 혼자 살며 직장 생활을 하고 있던 M은 급한 사정이 생겨 하루라도 빨리 집을 정리하고 이사를 해야 했다. 아직 계약 기간이 1년이나 남았기 때문에 집주인은 전세금 빼 줄 돈이 없으니 알아서 세입자를 구해놓고 가라며 나 몰라라 했고, 이미 이사해야 할 곳에 집까지 구해놓은 M은 부동산중개업소를 찾아다니며 동분서주했다. 그런데 집이 좀 낡고 지저분해서 그런지 보러 온 사람들마다 연락이 없는 것이었다. 이사 날짜가 다가올수록 M은 가슴이 바짝바짝 타들어갔다. 까딱 잘못했다가는 사채라도 끌어다가 수천 만 원의 전세금을 채워넣어야 할 판이었다. M은 뭔가 적극적인 대책을 세워야겠다고 생각했다.

M은 집을 정성 들여 깨끗하게 정리해놓고 가구배치도 바꿔보았다. 사람들이 오면 부동산 업자에게만 맡기지 않고, 그 집의 좋은 점을 나서서 이야기해주기도 했다. 확실히 전보다는 사람들의 마음이 움직이는 것처럼 보이기는 했지만 끝내 계약하자는 연락은 없었다. M은 고민을 하다가 그 원룸 집을 후줄근해 보이게 하는 주범이 바로 싱크대라는 걸 깨달았다. 그녀는 잠시 '이사 갈 집에 굳이 내 돈 들여서까지 뭔가를 할 필요가 있을까?' 하고 갈등했지만, 속는 셈치고 투자를 해보기로 했다. M은 다음 날 촌스런 가짜 대리석 무늬의 싱크대에 깔끔한 원목 무늬 시트지를 붙였다. 막상 그렇게 해놓고 보니 효과는 기대 이상이었다. 현관을 들어서면 바로 보이는 싱크대가 새것처럼 바뀌니 집 전체가 완전히 달라 보이는 것이었다. 바로 그날 저녁 집을 보러 온 사람들이 즉석에서 계약을 하겠다고 했을 때에는 그녀 자신도 깜짝 놀랐다.

그녀는 그때 투자를 하겠다고 발상을 바꾸면 인생을 다르게 살 수도 있겠구나 하는 깨달음을 얻었다고 한다. 그녀가 싱크대에 투자한 건 90분 정도의 시간과 시트지 값 8000원이었다.

20대 여자들은 당연히 투자라는 것의 개념을 모른다. 투자 하면 주식과 부동산부터 떠올리면서 자신과는 상관없다고 생각해버릴 수도 있다. 투자는 쉽게 말해 되로 주고 말로 받기 위해 자신이 가진 뭔가를 내놓는 것이다. 그런데 때로는 말로 받기는커녕 되로 준 곡식마저 떼이게 되는 수도 있다. 바로 그런 위험 때문에 투자라는 것 자체를 아예 싫어하는 사람들도 많다. 하지만 투자를 '그냥 내버리는 것'으로만 여겨 멀리하는 사람들은 큰 것을 이루어내지 못하고, 작은 것도 힘들게 얻어낸다.

보통의 20대 여자들은 피부나 몸 가꾸기 이외의 모든 일에 있어서 투자에 소극적이다. 그래서 더 피곤하게 사는 경우가 많다. 위의 M과 같은 상황에서 자신의 돈과 시간을 들여 자신과는 아무 상관없는 집을 단장해보겠다는 생각을 할 수 있는 젊은 여자는 많지 않을 것이다. 돈과 시간이 아무리 적게 드는 일이라 해도 마찬가지다. 투자를 하겠다는 마음 자체가 열려 있지 않기 때문에 그녀들은 어떻게든 투자를 하지 않고 문제를 해결할 수 있는 방법만 찾는다.

내가 20대를 보내고 나서 가장 절실하게 깨달은 것 중의 하나가 세상엔 '인풋'이 없으면 결코 '아웃풋'도 없다는 것이다. 유형의 것이건 무형의 것이건 내가 뭔가를 얻기 바란다면 반드시 먼저 내 것을 내어주어야 한다. 내 것을 내놓지 않고 얻기만 바라면 목표를 달성하지 못한다. 뒤늦게 무리하게 목표를 달성하려다가 마지못해 내 것을 내놓아야 하는 상황도 심심치 않게 발생한다. 물론 그때 내어놓아야 할 것은 처음에 투자했으면 되었을 것보다 훨씬 큰 것인 경우가 많다. M이

90분의 시간과 8000원의 돈을 투자하지 않기로 결정했더라면 끝내 이사 날짜를 맞추지 못해 말할 수 없는 스트레스를 받고 엄청난 사채 이자를 물어야만 했을 수도 있다는 걸 생각하면 이해가 쉬울 것이다.

대부분의 20대들은 가진 것이 없기 때문에 모든 일을 투자 없이 하려고 든다. 그들 가운데서 먼저 투자로서의 발상을 할 줄 아는 이들은 단연 앞서간다. 만약 당신이 지금 뭔가 얻고 싶은 것이 있고, 해결해야 할 문제가 있다면 가장 먼저 '그렇게 하려면 내가 투자해야 할 건 무엇인가?'라는 생각부터 하라. 제발 '내 돈과 노력이 들지 않는 방법'들만을 선택의 리스트에 올려놓지 말라.

투자의 맛을 알면 삶이 뿌리부터 달라진다

20대 여자들은 보통 중반까지 '나는 돈을 쓸 수 있는 사람이 아니다.'라고 생각한다. 거개가 학생이거나 쥐꼬리만 한 초봉을 받는 말단 사원이니 당연한 일이지만, 이들의 돈에 대한 소극적인 태도가 나중에 돈을 쓸 수 있게 될 때가 되어서도 '시간과 노력은 투자해도 돈만은 절대 투자 못한다.'는 자세로 남기 때문에 문제가 되는 것이다.

공예과 학생인 T는 방학 동안 귀걸이와 목걸이 등의 액세서리를 만들어 인터넷으로 파는 아르바이트를 하기로 했다. 시중에서 파는 액세서리들이 눈에 차지 않았던 그녀는 좋은 원석을 구해 심혈을 기울여 물건들을 만들었기 때문에 디자인과 품질에 있어서는 자신이 있었다. 하지만 물건이 팔리는 건 영 시원치 않았다. T는 사람들이 물건을 볼 줄 모르는 거라고 생각했다.

한번은 사이트에 올려놓은 T의 물건들을 본 친구 하나가 전화를 했다.

"얘, 사진이 그게 뭐니? 이왕 물건 올려놓는 거 잘 좀 찍어서 올려봐 봐. 나 같아도 안 사겠더라."

"그래? 핸드폰으로 찍은 거라서 그런가?"

친구는 디지털 카메라 하나쯤 장만하라고 성화였지만 T는 선뜻 내키지가 않았다. '어차피 아르바이트일 뿐이고 별로 밑천이 드는 일도 아니었으니 계속 장사가 안 되면 차라리 그만두면 본전은 된다. 하지만 괜히 비싼 카메라만 사고 돈도 못 벌면 오히려 손해가 아닐까?…' 사진 좀 바꾼다고 안 살 사람들이 물건을 살 것 같지도 않았다.

그때 그녀의 머릿속에 '극성을 떨어야 작은 일이라도 이룰 수 있다.'는 말이 떠오르면서 생각이 바뀌었다.

'에잇, 모르겠다. 안 했으면 몰라도 이왕 시작한 거 내가 할 수 있는 일은 다 해보자.'

T는 용돈을 털어 접사촬영이 잘된다고 소문난 디지털 카메라를 장만했다. 그리고 바쁘다는 동생을 바비큐 치킨 한 마리로 설득해 액세

서리 착용 모델로 썼다.

과연 투자를 한 사진은 달랐고, '뭐가 그리 달라지겠냐'는 애초의 예상을 뒤집고 매출이 몇 배로 뛰었다. 방학 내내 T는 액세서리 만들어 파는 재미에 푹 빠져 지냈다.

T가 방학 동안 액세서리를 만들어 팔아 떼돈을 번 것은 아니었다. 카메라 값을 빼고 용돈으로 쓸 돈을 조금 번 정도였다. 그러나 무언가에 투자를 하고 분명히 변화가 나타난 결과를 이끌어냈다는 사실은 그녀에게 발상의 전환을 안겨주었다.

열심히 사는 많은 20대 여자들은 자신이 원하는 일을 이루기 위해 모든 걸 다 투자할 준비가 되어 있을지도 모른다. 돈만 빼고 말이다. 그러나 그들이 투자하다가 떼일까 두려워할 만큼 소중한 돈은 그만큼 투자에 있어서도 위력적이다. 주머니 사정이 그리 넉넉지 않은 당신에게 투기할 준비를 하라는 말이 아니다. 적은 돈을 아끼려는 마음이 걸림돌이 되어 무궁무진하게 뻗어 나갈 수 있는 해결의 아이디어들이 기지개도 못 켜게 되는 상황을 만들지 말라는 이야기다.

당신은 혹시 자격 시험 준비를 위한 교재를 잘못 선택했음이 틀림없는데도 새 교재를 살 생각은 아예 하지도 못한 채 귀한 시간을 들여 헛공부하고 있지는 않은가. 좋아하는 티셔츠의 겨드랑이가 터졌을 때 수선비가 아까워 망설이다가 결국 1, 2천 원이면 고쳐 입을 수 있었을 것을 재활용 통에 넣어 버린 경험은 없는가? 평소엔 자주 안 입는 정장 사는 것이 아까워 중요한 자리에 청바지를 입고 나간 적은? 사람들에게 밥 한 끼라도 낼 일을 악착같이 줄이려다가 인맥에서 소외되고 있다는 느낌을 받은 적은 없는가?

돈이 아까워 항상 돈을 안 쓰는 방향의 소극적인 선택을 하다가 오히려 알게 모르게 손해를 보는 일은 없는지 자신을 돌아볼 일이다.

우리는 마땅히 우리에게 주어진 시간이나 에너지, 돈을 절약해야 한다. 하지만 오로지 아끼기만 하는 사람, 그래서 도무지 세상에 제 것을 내놓지 않는 사람은 세상으로부터 얻는 것도 없다. 좋은 것을 얻기 위해서 내 것을 내어놓을 각오가 되어 있는 사람에게는 언제나 상상력과 아이디어가 넘쳐난다. 항상 상황을 자기 편으로 만들 수 있기 때문에 여유 있고 행복하다.

전전긍긍하지 않고 잘 사는 여자들은 대부분 이러한 투자의 습관이 몸에 밴 사람들이다. 자신을 향해서건 남을 향해서건 먼저 투자하라. 그러면 길이 열릴 것이다.

자기 자신을 용서하라

가장 먼저 자기 자신을 용서하라

M은 1년 전 남자친구와 헤어졌다. 그러나 그건 연애가 흔해진 요즘 세상 누구나 겪는 심상한 이별이 아니었다. 이전 남자친구와의 만남과 헤어짐은 그녀를 만신창이로 만들었다. 그는 자존심이 세고 지적인 M이 원래 좋아하던 타입은 아니었지만 연애 경험이 별로 없는 그녀는 감동적인 이벤트로 접근해 오는 그에게 오래지 않아 깊이 빠져들게 되었다.

하루는 그가 밤에 다급한 목소리로 전화를 했다. 친구들과 어울려 놀다가 술값을 내게 됐는데 자기 신용카드의 마그네틱 선이 손상돼 쓸 수가 없다는 것이었다. 그녀가 신용카드를 들고 나가자 그는 그걸로 술값을 계산했다. 만취한 그의 친구들을 함께 챙기느라 M은 미처 그에게서 신용카드를 돌려받지 못했다. 문제는 그 다음부터였다.

며칠 후 만났을 때 그녀가 신용카드를 돌려달라고 하자 그는 깜빡 잊고 두고 왔다고 했고, 그 일이 몇 차례나 반복되었다. M은 그의 말을 곧이곧대로 믿고 별로 신경 쓰지 않고 지냈다. 그러나 그달 말 카드청구서가 날아왔을 때 그녀는 엄청난 충격을 받았다. 청구서에는 카드 사용한도를 꽉 채운 결제액수가 적혀 있었던 것이다. 그는 그녀의 카드로 온갖 유흥업소에서 술을 마시고 사치품을 사고, 현금까지 모조리 빼서 썼던 것이었다. 기가 막힌 그녀가 연락해 따지고 들자, 그는 태연히 말했다.

"내가 말했잖아. 내 카드가 잘 안 된다니까. 새로 발급받으면 고스란히 채워줄 테니까 걱정하지 마. 너 그렇게 나오면 나 섭섭하다."

그가 그렇게 나오자 그녀는 더 추궁하지 못하고 전화를 끊었다. 그러나 끝내 그녀는 그 돈을 돌려받지 못했다. 그 통화를 마지막으로 그는 전화번호를 바꾸고 종적을 감추었다. 주변 사람들을 추적해서 그의 행방을 알아내고, 싸우고, 사정하고, 고소를 했다가 취하하고…. 온갖 추잡한 일에 시달리다 못해 돈을 포기한 그녀는 카드 빚을 모두 갚고 요즘에서야 자기 일상으로 돌아왔다. 그러나 잘 살고 있지는 못하다. 그다지 사는 낙도 없고 새로운 남자를 만나지도 못하고 일에도 신통치 않다. 예전 그 남자에 대한 미움이 남아 있는 것도 아닌데 말이다. 그녀는 아무 남자나 만나 시집이나 빨리 가버릴까 생각 중이다.

M과 같은 여자들은 그토록 고통을 겪었음에도 불구하고 비슷한 실수를 반복하거나 자기 앞에 놓인 문제에 대한 속 시원한 선택을 해내지 못하는 경우가 많다. 아등바등 살아도 도무지 되는 일이 없는 답답한 상황이 계속되기도 한다. 그건 과거에 자기를 상처입힌 사람들에 대한 미움 때문도 아니고, 사람이 명청해서도 아니다. 바로 자기 자신을 용서하지 못해서다.

자기를 용서하지 못하는 것도 교만이다

20대 여자들은 자존심이 강하다. 그래서 삶의 소중한 것들을 얻기 위해서 자존심을 접어두어야 할 때가 많다는 것도 잘 인정하지 못한다. 그러한 자존심 때문에 실수를 하거나 남보다 잘 살아내지 못하는 자신을 용서하지 못하는 경우가 많다. M이 저열한 품성의 전 남자친구를 잊고 용서했는데도 그처럼 힘들게 살고 있는 건 정작 자기 자신을 용서하지 못했기 때문이다. 아무 남자나 만나서 대충 시집이나 가겠다고 하는 것도 고의적으로 자기를 방치하는 자학 행위다. 그녀의 내면은 이렇게 말하고 있을지도 모른다.

'세상에는 별의별 사람들이 다 있고 그 사람 같은 인간 쓰레기도 있기 마련이야. 문제는 그런 뻔한 인간 말종에게 바보같이 속고 당했던 나 자신한테 있어. 나 자신에게 정말 실망했어. 난 이것밖에 안 되는 여자이기 때문에 앞으로도 이렇게밖에 살 수 없을 거야.'

인정할 건 인정하자. M이 그런 일을 겪은 건 분명히 그녀 자신의 책임이다. 세상의 모든 여자들이 그런 지저분한 남자와 마주칠 가능성이 있지만 그 운 없는 여자들이 모두 M처럼 휘말려드는 것은 아니니 말이다. 하지만 잘못된 판단에 따른 대가를 치렀다면 그만 자신을 깨끗이 용서하고 새로운 길을 바라보아야 한다. 신도 용서하는 자신을 용서하지 못하는 건 자학을 넘어서 교만이다.

H는 얼마 전 사표를 냈다. 특별히 결정적인 이유 같은 것이 있었던 건 아니었지만 회사 내에서 사람들과의 관계에 자신이 없어졌고, 무슨 일을 해도 성과가 신통치 않은 것이 하루하루의 출근을 힘들게 했다. 건강마저 악화되어 더는 사회생활 하기가 힘들다는 사실도 사표를 내는 데 일조했다. 그녀가 이렇게 허깨비가 된 건 1년 전의 그 일 이후부터였다.

동기 중에서 윗사람들에게 가장 주목받는 신참 사원이었던 H는 잘하면 승진까지 해서 본사로 올라갈 수도 있는 큰 프로젝트를 기획하게 되었다. 그녀로서는 꿈을 이룰 수 있는 일생일대의 기회로 여겨졌다. 그러나 클라이언트들이 참관하는 중요한 프레젠테이션이 있던 날 아침, 그녀는 너무 긴장한 나머지 배탈이 나고 말았다. 화장실을 들락거리다가 회의에 지각을 하고 준비한 자료조차 집에 두고 와버린 그녀가 그날 좋은 결과를 얻었을 리 만무했다.

그녀는 좋은 기회를 어이없이 날려버린 자기 자신이 미워서 견딜 수가 없었다. '앞으로 잘하면 되지 뭐.' 하고 마음을 다잡다가도 '역시 난 안 돼. 중요할 때 또 바보 같은 짓을 하고 말 거야.' 하는 생각이 들며 분통이 터지는 것이었다. 자신을 벌 주듯이 끼니를 굶었다가 폭식을 하고, 술을 쓰러질 때까지 마시는 등 몸을 함부로 다루기 시작한 것도 그래서였다. 처음보다 많이 안정을 찾기는 했지만 여전히 그녀는 자신이 하는 일 하나하나가 마뜩지 않았다. 쉰다는 생각으로 사표를 내기는 했지만, 언제고 다시 사회로 복귀할 수나 있을지 그녀 자신도 모르겠다.

어리석은 삶을 살았던 나 자신과 지금의 나 자신의 연속성을 끊어내는 건 자학이 아니라 반성과 용서다. 그래서 자신을 용서하지 못하는 마음을 속 깊이 품고 있는 사람은 결코 행복해질 수 없다. 행복하지 못한 사람은 결단코 성공하지도 못한다. H가 현재의 무기력하고 건강하지 못한 삶에서 벗어나려면 사소한 실수로 일을 망쳐버린 자신을 용서하는 게 먼저다. 그녀는 사람은 누구나 실수를 할 수 있다는 흔하디흔한 충고를 가슴으로 받아들일 수 있어야 한다.

한 번이라도 자신을 죽이고 싶도록 미워해본 경험이 있는 사람들에게는 훗날 그 마음을 극복했을 때 주어지는 선물이 있다. 다른 사람들을 포용하는 마음과 겸손함이다. 자신에게 철저하게 실망해본 사람들은 마음에서 우러나오는 겸손을 품을 수 있고, 일단 성공에 궤도를 타면 오래오래 그 상태를 유지할 수 있다. 그러나 그것은 어디까지나 자신을 용서하는 데 성공했을 때의 이야기다. 마음속 깊이 자아에 대한 증오를 품고 있다면 미래를 향해 단 한 걸음도 옮길 수 없을 것이다.

당신 자신을 위해 비싼 퍼머넌트를 하고 네일 케어를 받는 지금도 정작 스스로를 용서하지 못하고 있지는 않은지 생각해보기 바란다.

Chapter 4

후천적 귀족으로
진화하라

스스로를 사랑하는 당신이 자신을 위해 하는 선택은 나쁜 게 아니다.
언제나 선택의 상황에 놓이게 되면 일단은
다른 모든 조건에 눈과 귀를 닫고 그것이 직접적이든 간접적이든
'나'를 위한 선택인지를 먼저 생각하라.
나를 최우선에 두고 한 선택에는 늘 후회가 적다.

건강한 이기주의자가
세상을 지배한다

자신을 사랑하지 못하면 그 누구도 사랑하지 못한다

'나보다 남을 사랑하는 사람이 되자.'

우리 사회가 늘 강조하는 말이다. 하지만 정말 나보다 남을 사랑한다는 것은 쉽지 않기 때문에 이런 구호는 그야말로 구호에 그칠 뿐이다. 어쩌다가 지극히 이타적인 행동을 하는 사람이 나오면 이 사람이야말로 자신보다 남을 더 사랑하는 사람이라며 너도나도 본받자고 아우성이고, 평범한 사람들은 남보다 자신을 더 사랑하는 마음을 감추려 애를 쓰며 산다. 그러나 나보다 남을 더 사랑하는 사람이 있기나 한 것일까? 결론부터 말하면 '그렇지 않다.'

세상에는 자신을 세상에서 제일 사랑하는 사람과 자신도 남도 사랑하지 않는 사람 두 종류만 있을 뿐이다.

우리가 보통 이기주의자라고 부르며 경멸하는 사람들이 있다. 그들은 타인의 이익이나 관심에는 아랑곳하지 않고 자신의 이익만 추구한다. 때로 자신의 목적을 위해 다른 사람을 이용하기도 한다. 우리는 흔히 이런 사람들을 두고 오로지 자기만 사랑하는 사람이라고 생각한다. 심리학에서는 이런 극단적인 이기주의도 병으로 보는데, 역설적이게도 그 병의 원인이 '자기애의 결여'라고 한다. 자신을 사랑하지 못하기 때문에 마음의 공허를 느끼고, 그것을 채우기 위해 끊임없이 남의 것을 빼앗아 자기 안에 채우려 한다는 것이다.

이 병의 정식 명칭인 '나르시시즘'의 어원이 된 그리스 신화 속의 나르시스는 누구나 알고 있을 것이다. 그러나 샘물에 비친 자신의 모습과 사랑에 빠져 목숨까지 버렸다는 이 비운의 미소년 이야기에는 다른 버전이 있다. 그 이야기에서는 나르시스에게 자신과 꼭 닮은 쌍둥이 누이가 나온다. 그녀는 무슨 이유에서인지 목숨을 잃었고 나르시스는 그녀를 그리워하다가 샘물에 비친 자기 모습을 죽은 누이로 착각했다는 것이다. 결국 나르시스가 그리워하다 샘물에 몸을 던진 대상은 자신도 누이도 아닌 허상일 뿐이었다.

이론에 따르면, 자신을 정말로 사랑하는 사람만이 정서의 충족을 느끼고 남에게 베풀 수도 있다. 주변에서 만나는 선한 사람들은 자신을 사랑하는 마음이 넘쳐서 남에게 나누어주는 것이지 자신을 남보다 덜 사랑해서 자기 이익을 헌신짝처럼 내던지는 것이 아닌 것이다. 그 베푸는 사람들이 인터뷰를 할 때 '그냥 제가 좋아서 한 일일 뿐인데요.' 하고 말하는 건 겸양이 아니라 정말 그런 것이다. 그들이 감히 우러르지도 못할 살신성인 박애주의자라서 선행을 베푸는 것만은 아니라는 말이다.

먼저 자기 자신과 연애하라

20대는 섣불리 '타인만' 사랑하는 마음을 쌓으려고 애를 쓰는 시기가 아니다. 먼저 자신을 사랑하는 마음을 쌓고 공고히 해야 한다. 그렇기 때문에 젊은 시절 많이 접하게 되는 봉사 활동 같은 것도 내가 그들을 사랑해서 베푸는 것이라는 생각을 버리고 내가 나를 사랑하는 마음을 확인하는 또 하나의 과정이라고 생각해야 한다. 사회 활동을 처음 접하는 많은 젊은이들이 알 수 없는 실망감을 느끼고 그만두는 것도 남을 사랑하고 베풀어야 한다는 생각을 갖고 임했기 때문인 경우가 많다. 그래서인지 20대에 자기애를 잘 다져놓은 사람들이 30대 이후에 더 깊어진 사고와 능력으로 타인에게 덕을 베푸는 것을 보게 된다.

자신을 사랑하는 일이 세상에서 제일 쉽다고 생각하기 쉽지만 그렇지 않다. 나보다 남을 사랑한다는 있지도 않은 허상을 추구하다가 30

대 이후 나도 남도 진심으로 사랑할 수 없는 난감한 처지에 놓이게 되거나, 반대로 이기적인 행동만 일삼다 끝끝내 자기애를 발견하지 못하고 철없이 나이만 먹은 사람들이 세상에는 얼마나 많은지 모른다. 20대 젊은 나이에 자신을 사랑하는 마음을 굳히고 확인했다면 그는 이미 20대를 성공적으로 보낸 것이다. 그렇다면 나를 사랑하는 마음은 어떻게 확인할 수 있을까? 부분적이나마 다음 질문에 모두 'yes'라고 대답할 수 있는 사람이라면 충분히 자신을 사랑하고 있다고 보아도 좋을 것 같다.

- 당신은 늦잠을 자는 어이없는 실수를 저질러서 회사에 큰 손해를 끼치고 시말서를 썼는데도 반성은 하되 자신을 원망하지 않고 미래를 낙관할 수 있는가?
- 남자친구에게서 '너란 여자 지긋지긋해.' 라는 말과 함께 이별 통고를 받고서도 꿋꿋하게 '나는 사랑받을 만한 사람이야.' 라는 생각을 유지할 수 있는가?
- 당신을 아는 사람들은 항상 당신을 소중하게 대해주는가?
- 당신이 가장 좋아하는 노래나 색깔, 음식, 나라, 스타일, 배우 등을 누가 물어보면 한 번에 대답할 수 있는가?
- 남과 함께 있는 시간도 좋지만 혼자서도 진정 즐거운 시간을 보낼 수 있는가?

• 다음 생에 다시 태어나도 처지나 환경만 조금 바꿔 당신 자신으로 태어나고 싶다고 생각하는가?

스스로를 사랑하는 당신이 자신을 위해 하는 선택은 나쁜 게 아니다. 언제나 선택의 상황에 놓이게 되면 일단은 다른 모든 조건에 눈과 귀를 닫고 그것이 직접적이든 간접적이든 '나'를 위한 선택인지를 먼저 생각하라. 나를 최우선에 두고 한 선택에는 늘 후회가 적다.

남을 괴롭혀 자기애의 결핍을 채우려는 병적인 이기주의자가 아닌, 정말 자기 자신을 사랑하는 건강한 이기주의자가 된다면 삶이 훨씬 심플해지고 즐거워질 것이다.

시녀를 거느리지 않는
공주가 돼라

자신감 있는 여자만이 귀족으로 살 수 있다

화장품을 사러 갔다가 20대 여성 판매원의 피부가 아기 같길래 한마디 한 적이 있었다.

"피부가 정말 좋으시네요. 타고나셨나 봐요."

그랬더니 그녀는 어색하게 손을 내저으며 대답했다.

"어머, 아니에요. 이거 화장발이에요."

얼마 전에는 딸의 학원 선생님을 처음 만난 자리에서 젊은 선생님의 목소리가 하도 예뻐서 칭찬을 했다.

"선생님, 목소리가 성우 같아요."

그랬더니 그녀도 역시 눈을 동그랗게 뜨며 정색을 하는 것이었다.

"어머니, 아니에요. 정말 아니에요."

누가 봐도 알 수 있는 그녀들의 장점을 그저 입 밖에 내서 말했을 따름인데, 대체 뭐가 '아니'란 말인가.

칭찬을 해보면 20대 여성과 노련한 30대 여성의 반응이 확연히 다른 것을 알 수 있다. 사회생활을 이제 막 시작한 20대 여성들은 칭찬의 말을 들으면 어쩔 줄 몰라 한다. 그녀들은 부정선거 뇌물이라도 받은 것 같은 표정으로 한결같이 '아니에요'라고 말한다. 그녀들 나름대로는 칭찬을 겸손히 받아들이려는 마음의 표현일 수 있겠지만, 칭찬에 무조건 아니라고만 일관하는 모습이 그리 겸손해 보이지는 않는다. 산전수전 다 겪은 30대 이상 커리어 우먼들은 사람마다 대답은 다를지라도 다들 기분 좋게 칭찬을 받아들일 줄 안다. 이런 반응은 성격에 따라서 다르게 나올 거라고 생각하기 쉽지만 수줍은 성격과 외향적인 성격이 영향을 미치는 것 같지는 않았다. 문제는 자신감이었다.

자신감 있는 여자들은 칭찬을 유연하게 받아들이고, 은근히 '당신, 보는 눈이 있구려.'라는 메시지를 흘림으로써 간접적으로 칭찬한 사람을 높여 주기도 한다. 그런 여자들은 더 많은 칭찬을 듣고 더 많이 칭찬받을 만한 사람이 된다.

남과 스스로에게 인정받고 대접받고 사는 '귀족'이 되고 싶다면, 칭찬의 말에 펄쩍 뛰면서 상대방을 무안하게 만들지 말고 그 말을 고맙게 받아들여야 한다. 그리고 자신감을 키우는 하나의 자산으로 맞아들여야 한다.

자신감은 우리 삶에 있어서 비료 같은 것이다. 없다고 해서 당장 죽는 것은 아니지만 비료를 주지 않은 채소는 빨리 자라지도 못하고, 다 자란 후에도 상품가치가 없다. 비료는 채소를 채소답게 해준다. 우리 삶은 자신감 없이 살아지는 대로 살기엔 너무나 소중하다. 별달리 손 가지 않아도 수박만 한 참외가 나는 기름진 땅에서 뿌리내릴 수 있으면야 좋겠지만, 그렇지 못하다면 비료를 구해다가 뿌려야 한다. 당신의 삶에 자신감을 뿌려라.

자신감과 교만의 차이

어느 성공한 여성 기업인이 자신이 살아온 이야기를 하던 도중 이런 말을 했던 것이 기억에 남는다.

"한창 혈기왕성하던 젊은 시절에는 집에서 후줄근한 차림으로 애한테 시달리며 사는 젊은 주부들을 보면 참 한심하다고 생각했어요. 반대로 세계적인 유명 인사들은 감히 바라볼 수도 없는 대단한 사람들이라고 여겼지요. 그런데 십수 년 동안 세상을 더 겪으면서 실패로 비참한 꼴도 당해보고 성공의 짜릿함도 맛보고 하다 보니 생각이 바뀌더라고요. 자기 분야에서 세계적으로 성공을 거둔 사람들도 신이 아닌 나와 같은 인간이고 어떤 경계만 넘으면 나도 그들처럼 되지 말란 법도 없겠다 싶어졌어요. 신기한 건 나보다 처지가 훨씬 못한 사람들을 봐도 저 사람이 나보다 못한 사람이라는 생각이 들지 않는다는 거예요. 그저 한끗 차이로 삶을 발전시키지 못하고 저렇게 사는 것이지 싶을 뿐이지요. 그렇게 생각할 수 있게 되었을 무렵부터 일도 개인적인 삶도 훨씬 발전하기 시작했어요."

나는 그녀의 말이 교만과 구분되는 진정한 자신감을 잘 설명하고 있다고 생각한다. 사람들은 보통 자신감의 양이 많아지다 보면 교만이 된다는 식으로 생각하지만 그 둘은 뿌리부터가 다르다. 교만과 다르게 출발한 자신감은 많으면 많을수록 좋은 것이다.

자신감은 한마디로 '시녀를 거느리지 않는 공주가 되는 것'이다. 어설프게 똑똑한 여자들은 자신이 조금만 남보다 앞서도 서둘러 그들을 자기 아래에 두려고 한다. 여자들은 원래 같은 여자들이 자신보다 앞서 나가는 걸 지켜보기 힘들어 하는 마음이 조금씩은 있기 마련인데, 교만한 여자들은 어떻게든 다른 여자들을 깎아내려 상대적인 우월감을 느껴보려고 애를 쓴다. 그런 여자들은 아무리 겸손한 척해도 상대방의 마음을 불편하게 한다. 교만은 충치가 있는 사람의 구취처럼 입을 다물지 않는 한 숨길 수가 없는 것이다.

교만한 여자들은 또한 삶과 세상에 대한 겸허함이 없기 때문에 실패했을 때 쉽게 좌절한다.

'이렇게 대단한 내가 실패하다니! 이건 뭔가 잘못된 거야. 인정할 수 없어.' 라고 생각하는 사람은 영원히 성공할 수 없다.

사실 누구나 20대라는 빛나는 시기를 지내놓고 보면 사람 사는 게 다 비슷하다는 생각을 하게 된다. 아무리 대단한 사람이라도 인간적인 결점이 있기 마련이고, 형편없는 사람에게라도 배울 점은 있다. 사람들의 삶에 있어서의 어떤 변화의 계기가 자그마한 차이를 만들고, 점점 그 차이가 벌어져 삶의 질을 갈라놓을 뿐이다. 그 차이를 조금씩 벌리는 것이 우리의 노력이며, 자기 자신이 그 노력을 계속 할 수 있다는 믿음이 바로 자신감이다. 따라서 자신감은 남과는 아무 상관이 없다. 나와 삶의 관계에서 나오는 것이 자신감인 것이다.

삶다운 삶을 살고 싶은 사람이라면, 우리는 누구나 귀족이며 공주가 되어야 한다. 섬기는 시녀가 있건 없건 내 삶이라는 나라에서는 가장 고귀하고 남부러울 것 없는 존재여야 한다. 나름대로 소박한 삶에서 기쁨을 느끼는 사람이 있다면 그 사람도 '가난한 나라 공주'인 셈이다.

20대는 큰 성공도 없고 또한 뚜렷한 실패도 없는 시기다. 그래서 자신감 없는 사람과 오만으로 껍질만 공주인 사람이 넘쳐나는 시기이기도 하다. 30대가 되면 껍질만 공주인 사람은 도태되고 자신감 없는 사람과 진정한 자신감을 배운 사람만 남는다. 당연히 나머지 인생의 주인공으로 사는 사람은 후자 쪽이다.

많이 실패해서 겸손을 배우고, 실패를 통한 성공으로 자신감을 배우라. 자신감을 배워 공주로 등극한 여자는 수백 번의 사화(士禍)를 겪어도 신분의 위협을 받지 않는다.

로또에 당첨되어도
불행해지지 않는 방법

돈은 불행의 씨앗인가?

얼마 전 미국에서 과거 복권에 거액이 당첨된 사람들의 삶을 추적해보았더니 대부분의 사람들이 불행하게 살고 있다고 한다. 어떤 사람은 이혼을 해 거액의 위자료 문제로 전 아내와 법정 싸움을 벌이고 있기도 하고, 무리한 투자와 과소비로 그 많은 재산을 다 잃어버린 사람도 있다고 한다. 이 일을 두고 사람들은 돈이 행복의 전부는 아니며 오히려 너무 많은 돈은 불행의 씨앗이라고 앞다투어 품평을 했다. 주로 점잖은 대중매체에서 앞장을 섰고 서민들은 그 말씀에 작으나마 위로를 얻었다.

하지만 돈 자체는 좋은 것도 나쁜 것도 아니다. 지혜로운 사람이 좋게 쓰면 좋은 것이고, 악하고 어리석은 사람이 나쁘게 쓰면 나쁜 것이다. 언제나 그렇듯 복권 당첨금도 문제 있는 주인을 만나 엄하게도 불행을 불러왔다는 누명을 쓰게 된 것이다.

같은 부자라도 자신이 노력해 돈을 벌어서 부자가 된 사람은 돈 때문에 불행해지는 경우가 드물다. 오히려 부유해질수록 가족 관계도 더 좋아지고 행복해지는 사람이 더 많다고 한다.

실제로도 경제 사정이 안정되면서 가정이 화목해지는 것을 많이 보게 된다. 아직까지는 부유해지면서 불행해진 사람들 이야기는 TV에서 말고는 본 적도 들은 적도 없다.

자수성가한 부자들이 돈 때문에 불행해지지 않는 건 단순히 돈만 벌어 모은 게 아니라 그 과정을 통해 돈을 부리는 법을 배워 터득했기 때문이다. 그들은 단순히 돈을 가진 소유주가 아니라 돈과 함께 숨쉬고 소통하는 사람들이다. 돈에 익숙하고 돈의 성질을 잘 아는 사람들이다. 그래서 돈으로 행복할 줄도 안다. 이런 사람들은 로또에 당첨되어도 결코 불행해지지 않는다. 그런데 문제는 이렇게 돈과 안면을 트고 사는 사람들 중에 복권을 사는 사람은 거의 없다는 것이다. 복권에 당첨된 사람이 불행해질 확률이 높은 건 너무나 당연한 일인 듯싶다.

앞으로 살면서 당신이 복권에 당첨될 가능성보다는 당신이 사업을 일으켜서 부자가 될 가능성이 훨씬 높다. 창업해서 성공하는 사람이 오십 분의 일 정도이니 백만 분의 일도 안 되는 복권에 비할 바가 아니다. 그러나 복권에 당첨되어 불행해질 염려는 접어도 될 정도로 가능성이 없대도 당신은 반드시 '로또 일등이 되어도 불행해지지 않을 사람'이 되어야 한다. 왜냐하면 그런 사람만이 복권에 당첨되지 않아도 잘 살 수 있기 때문이다.

돈과 안면을 익혀라

전편이 출판된 이후 수많은 독자들에게서 같은 부탁을 받았었다. 좋은 재테크 책을 추천해달라는 것이었다. 이전까지는 그저 벌고 쓰는 것밖에 몰랐던 20대 여성들에게는 재테크 개념이 미래를 좌우한다는 사실을 알게 된 것이 충격이었던 모양이다. 사실 장사를 하거나 월급을 받는 것이 돈을 버는 형태의 전부인 줄 아는 20대 여성들이 재테크 개념을 새로 접하며 막막해하는 것은 당연한 일이다.

돈이란 좋게 쓰면 정말로 좋은 것이다. 돈은 철학과 예술의 바탕이 되고, 때로 인간애를 표현하는 수단이 되기도 한다. 사람들은 흔히 사랑과 건강과 시간은 돈으로도 살 수 없는 것이라고들 말하지만 분명 돈은 사랑과 건강을 유지하는 데 도움이 되고, 시간을 아낄 수 있게 해준다. 좋은 공연, 맛있는 음식, 소름 돋게 기분 좋은 마사지 등 돈으로 살 수 있는 작은 행복들은 또 얼마나 많은가. 돈이 싫다고 속세를 떠난 사람들조차 사실은 돈을 얻기 위해 자신이 감내해야 할 무언가를 싫어하는 것이지 돈 자체를 싫어하는 것은 아니다.

이렇게 좋은 돈이 당장 내 손에 없다고 해서 경원시하다 보면 영영 돈과 친해질 기회는 오지 않는다. 오히려 준비가 안 된 상태에서 돈이 나한테 굴러 들어오지 않은 것을 다행이라 여기고 돈과 친해질 준비를 해야 한다. 상대방의 속성과 취향을 알아야 내 곁으로 불러들이기 쉽다는 것은 만고불변의 진리. 지금부터 돈과 안면을 트고 지내라.

돈과 안면을 트는 첫 단계는 역시 그와 관련된 책을 읽는 것이다. 나는 왕초보 20대들이 재테크 책을 추천해달라고 하면 일단 현재 그 분야의 베스트셀러 몇 권을 보라고 한다. 베스트셀러라고 해서 다 좋은 책이라는 법은 없지만 적어도 읽기 쉬운 책임에는 틀림없기 때문이다. 기초적인 돈 개념이 전혀 없는 사람들이 읽기에는 이런 책이 제격이다. 이런 종류의 책들은 대부분 내용은 대동소이하기 때문에 자신이 흡수할 수 있는 구성이기만 하다면 어떤 것을 읽어도 무지의 벽을 깨는 데에는 도움이 된다. 그러다 보면 책을 볼 줄 아는 안목이 생기게 마련이니 그 다음부터는 자신에게 필요한 책을 스스로 찾으면 될 일이다.

가장 쉽고 효과적이기는 하지만 책읽기는 돈과 친해지는 가장 기초적인 단계일 뿐이다. 조금이라도 돈과 친해두려면 역시 돈과 부대껴 보아야 한다. 사실 체험이 없으면 읽고 있는 책의 내용도 완전히 이해할 수도 없다. 따라서 당장 은행이나 증권회사에 가서 거래를 터보기를 권한다. 월급 통장에서 자동이체되어 빠져나가는 적금 통장 같은 것만 만들지 말고 주택 청약 통장을 개설하거나 적립식 펀드 같은 것에도 가입해보라. 가입을 할 때에는 직원이 권하는 대로 아무 생각 없이 하지 말고 모르는 것은 빠짐 없이 물어보고 금리나 기타 조건도 꼼꼼히 따져보라. 그들은 당신의 무지를 탓하지 않고 친절하게 기초부터 설명해줄 것이다. 그렇게 금융회사 직원을 귀찮게 해가면서 얻는 정보와 지식은 고스란히 내 것으로 흡수된다.

사실 청약 통장을 개설하고 적립식 펀드에 가입한다고 해서 가진 돈을 엄청나게 불릴 수 있는 건 아니다. 다만, 청약 통장을 만들어 두고 관심을 가지게 되면 언젠가는 그 통장으로 내가 분양받게 될 아파트를 한 번이라도 더 생각하게 될 것이고, 적립식 펀드에 가입해 매달 집으로 수익률 표를 받다 보면 대체 내 돈을 어떻게 굴렸다는 건지 알기 위해 주식투자 관련 용어 하나라도 더 찾아보게 될 것 아닌가. 실전에서 소액이라도 내 돈이 걸린 일을 두고 고심하는 것과 생판 남의 일일 뿐인 투자를 책으로만 보는 것은 하늘과 땅 차이다. 소위 '큰 손'으로 불리는 투자자들은 대학에서 경제학을 강의하는 교수들이 아니라 약간의 종자돈을 가지고 바닥에서부터 구른 사람들이다.

재테크는 뭐니 뭐니 해도 실천이다.

나에게 필요한 사치를 연구하라

복권에 당첨된 사람들이 불행해진 이유 중 하나는 돈을 쓸 줄 몰라서다. 아무리 많은 돈이라도 잘못 쓰기 시작하면 순식간에 줄어들 뿐 아니라 불화의 여신이 올림포스 여신들에게 선사한 황금 사과처럼 인간관계를 초토화시키기도 한다. 복권에 당첨되고 나서 한없이 도움을 요구하는 형제들과 사이가 멀어져 끝내 의절하게 되었다는 사람이 있었는데, 그도 돈을 영리하게 쓸 줄만 알았다면 알맞은 금액으로 형제들의 마음을 흡족하게 해줄 수 있었을 것이다. 사람들은 돈이 있기만 하면 쓰는 건 문제가 아니라고 생각하지만 돈을 잘 쓰는 것도 버는 것만큼이나 어렵고 중요한 일이다.

당연한 말이지만 돈도 써봐야 잘 쓸 줄 알게 된다. 시장판과 다를 바 없는 80% 세일 행사장에서도 백화점 매장에서 산 것 같은 옷을 골라내는 여자들은 비싼 옷을 제값 주고 사보기도 한 여자들이고, 남들 100만 원에 다녀오는 여행을 80만 원에 알짜로 다녀오는 여자들은 숱하게 돈을 쓰며 여행을 해본 여자들이다. 돈이 없다고 해서 무조건 안 쓰려고만 하면 자신이 정말 돈을 써야 할 곳이 어딘지 알 수 없게 되고, 돈을 안 쓸 수밖에 없는 삶 속에 갇히게 된다. 대신 아무리 적은 액수라도 돈을 쓸 때는 신중해야 한다. 그래야 매번 소비를 할 때마다 다음 소비에 필요한 교훈을 얻게 되고 돈을 잘 쓰는 사람이 된다.

그러므로 자신에게 필요한 사치를 연구하라. 당신은 차비가 없어

걸어 다니는 한이 있더라도 괜찮은 외국인 강사에게서 일대일 영어회화 과외를 받고 싶을 수도 있고, 옷은 못 사 입더라도 머리만은 청담동 연예인 단골집에서 하고 싶을 수도 있다. 다른 건 몰라도 자기 방만은 쉐비 스타일로 로맨틱하게 꾸미고 싶은 꿈이 있을 수도 있다. 한번쯤 다른 소비를 철저히 인내해 그 사치를 실현시켜보기를 권한다. 그런 경험은 결과적으로 그것들이 당신을 감동시켰건 그렇지 못했건 일정한 돈으로 행복한 삶을 살 수 있는 방법을 터득하게 해줄 것이다.

자신을 정말 행복하게 하는 소비가 어떤 것인지 정확히 알고 있는 여자들은 막연한 소비 욕구 때문에 헛돈을 쓰는 일이 결코 없다. 자신에게 정말 필요한 사치 이외에는 생계를 유지하는 데 꼭 필요한 돈만을 쓰기 때문에 과소비란 없다.

이런 여자들이 복권에 당첨된다면 자신에게 필요한 것만을 적당히 소비하며 행복을 느끼고 남에게 충분히 베풀며 안정적인 곳에 투자를 하기도 할 것이다.

돈을 정말 잘 쓸 줄 아는 사람의 소비는 돈을 벌게 하는 힘도 있다는 것을 잊지 말라.

남이 당신을 박대하도록
내버려두지 말라

인격장애자들의 먹이가 되지 말라

A는 입사하자마자 성격 좋고 사교적이며 말도 재치 있게 잘하는 동기 S와 금세 친해졌다. 마음이 약하고 내성적인 A는 사교계의 여왕 같은 S가 항상 부러웠다. 그런데 머지않아 A는 S와 함께 있으면 묘하게 기분이 상하곤 한다는 것을 알게 되었다. A가 말을 할 때면 S는 그 말을 빌미로 농담을 하거나 가벼운 면박을 주는데, 그럴 때마다 그녀는 자존심이 상했다. 하지만 입담 좋은 S의 그런 말들은 늘 농담처럼 들리는 은근한 것이어서 대놓고 화를 낼 수도 없었다.

"어머 너 옷 샀구나? 돈 좀 더 주고 좋은 걸로 사 입지."

S의 이런 말은 듣기에 따라서 친한 친구의 솔직한 충고로 들릴 수도

있는 것이기에 좋게 생각하고 넘어가기도 했다.

그렇게 몇 달을 지내는 동안 A의 생활에 알 수 없는 이상이 오기 시작했다. 매사에 자신감이 없어지고 우울증 증세도 왔다. 거울을 보면 자신의 얼굴이 그렇게 못생겨 보일 수가 없었고, 항상 외로웠으며 시도 때도 없이 눈물이 났다. 당연히 애인도 생기지 않았고 회사 생활도 엉망이었다. A는 그저 자기가 능력이 없고 미련해서 사회생활에 잘 적응을 못하는 것이라고만 생각했다.

그러던 어느 날, A가 S의 농담에 전에 없이 예민하게 반응하는 바람에 둘이 크게 다투게 되었다. 그 일을 계기로 A는 입사 후 처음으로 S와 떨어져 몇 주를 보내게 되었다. 그러자 신기하게도 그동안 A를 괴롭혀온 증상들이 거짓말처럼 말끔히 사라지는 것이었다. A는 그제야 S가 자신한테 늘 하던 행동이 꾸밈없는 성격에서 나온 허물없는 농담들이 아니었다는 걸 깨닫게 되었다. 그리고 늘 웃는 얼굴로 친한 척 인신공격성 농담을 하는 S가 정말 나쁜 친구였으며 그동안 자신의 영혼을 갉아먹은 장본인이었다는 것도 알게 되었다.

나중에 S가 넉살 좋게 사과를 해왔을 때 A는 기분 좋게 사과를 받아주었다. 그러나 다시는 이전과 같이 그녀와 밥을 같이 먹고 수다를 떨지는 않았다. A는 지난 9개월 S에게 빼앗긴 인생의 시간이 뼈에 사무치게 아까웠고, 다시는 그런 경험을 하고 싶지 않았다.

우리 주변에는 어딜 가나 S와 같은 여자들이 꼭 하나씩은 있다. 이런 여자들은 겉으로 보기에는 아무 이상 없이 사회생활을 잘 해나가는 것처럼 보이며 오히려 보통 사람들보다 사교적이어서 첫인상이 매우 좋다. 흔히 말하는 카리스마도 있어서 여럿이 있을 때면 늘 관계를 리드하기도 한다. 그렇지만 그녀들에게는 만만한 사람들을 갖고 노는 버릇이 있어서 A처럼 기분이 나빠도 바로 대들지 못하는 순진한 여자들을 교묘하게 괴롭히고 이용한다. 그렇게 함으로써 우월감과 쾌감을 느끼는 것 같다. 그녀들은 어찌나 말을 잘하고 순발력과 재치가 있는지 세상 물정 모르는 어린 여자들은 속수무책으로 당할 수밖에 없다.

차라리 화를 잘 내는 사람이거나 욕을 잘하는 사람, 누구에게나 '성격 나쁘다'라는 말을 듣는 사람이라면 직접 대하기는 힘들지 몰라도 사람 마음에 내상(內傷)을 입히지는 않는다. 그러나 S와 같은 부류의 여자들은 천사와 같은 얼굴로 위장해 늘 곁에 있으면서 알게 모르게 A의 표현대로 '영혼을 갉아먹는다.' 그 후유증으로 정신과 상담을 받는 경우도 본 적이 있다.

S와 같은 사람들의 행동은 절대로 고쳐지지 않는다. 그들 마음의 문제는 병이 아니라 장애이기 때문이다. 이런 부류는 여러 종류의 인격장애 중에서도 최악이다. 그저 피하는 게 상책이다.

세상 경험이 많아질수록 사람들은 이런 인격장애자들의 속성을 빨리 간파하기 때문에 별다른 피해를 입지 않는다. 하지만 20대는 다르다. 특히 어딜 가나 관계지향적인 여자들은 한 번 먹잇감으로 낙점되면 그녀와 함께 하는 기간 동안의 막대한 시간과 에너지를 열등감과 박탈감에 시달리면서 낭비하게 된다. 매일 '나 자신은 형편 없다'는 내용으로 세뇌를 당하는 것이나 마찬가지라고 이해하면 된다.

누군가가 당신에게 하는 말과 행동이 기분 나쁘다면, 그리고 그것이 계속 반복된다면 그는 결코 당신에게 호의를 가진 것이 아니다. 진심이 담긴 말이라면 귀에는 쓸지 몰라도 가슴만은 찡하게 울리게 되어 있다. 인신공격성 농담이라도 내게 애정을 갖고 있는 사람이 하는 것이라면 마음 상하지 않고 함께 웃을 수 있다. 우리는 진심 어린 고언을 못 알아볼 정도로 바보들이 아니다.

아무리 친근한 표정과 현란한 농담으로 치장된 말이라고 해도 당신을 모욕하고 깎아내리는 내용을 담은 말을 하는 인격장애자들에게는 단호히 대처하라. A처럼 그들을 멀리할 입장이 못 된다면 그런 말을 하는 즉시 '기분이 좋지 않으니 앞으로는 그러지 말라'고 공격적이지는 않되 직접적으로 말을 하라. 그들이 농담으로 접근한다고 해서 똑같이 농담으로 받아치려고 하다가는 말재주에서 밀리는 당신 입장만 난감해지기 십상이다.

'남들이 나를 속 좁다고 생각하지 않을까?'

이런 생각으로 그들의 모욕을 그대로 참아내지 말라. 그들이 노리는 게 바로 이런 심리다. 왜 그 많은 젊은 여자들이 바퀴벌레 떨어내듯 그들을 떨어내지 못하고 시들어가고 있는지 안타까울 뿐이다.

남을 괴롭히면서 만족을 얻는 인격장애자들을 곁에 두고 있는 한 귀족으로 살 수 있는 가능성은 거의 없다. 후천적 귀족은 건강한 자부심이 없으면 결코 될 수 없는 것인데, 그들은 남의 자부심을 파먹고 사는 아귀와 다름없기 때문이다. 선량한 20대 여자라면 누구나 사람과의 관계를 소중히 여기고 타인의 의도를 좋은 쪽으로 생각하려 노력해야 하지만, 당신의 인생을 좀먹는 인격장애자들만큼은 경계하고 또 경계하라.

구박당하는 데 익숙해지지 말라

외로워도 슬퍼도 나는 안 울어
참고 참고 또 참지 울긴 왜 울어…

80년대에 인기 절정이었던 만화 '캔디'의 주제곡이다. 항상 이 만화영화를 보면 왠지 모르게 마음이 불편하면서도 막상 시작하면 정신없이 빠져들곤 했었는데, 지금 생각해보면 그 주제곡 도입부 그대로의 피학적인 내용이 불편한 마음의 원인이었던 것 같다.

'외로워도 슬퍼도 울지 않는' 캔디는 끝간 데 없이 사악한 악역들이 아무리 괴롭혀도 좌절하지 않는다. 그런데 그러한 그녀의 꿋꿋함은 노래 가사처럼 '참는 것' 일 뿐, 그들이 괴롭히지 못하게 하려는 적극적인 저항은 없었다. 언제나 못된 이라이자에게 기꺼이 괴롭힘을 당하고 와서는 안소니나 테리우스 같은 '왕자님' 에게 위로를 받는 식이었다. 알고 보면 캔디의 기구한 팔자도 자기가 자초한 것이다.

순정만화와 드라마를 보고 자란 우리는 알게 모르게 '참고 견디다 보면 좋은 날이 온다' 는 생각을 주입받게 된 것 같다. 다른 사람들이 괴롭히고 못살게 굴어도 '참아야지' 하는 생각으로 가만히 견디는 게 미덕이라고 생각한다. 하지만 현실에서는 남의 푸대접을 참고 견뎌도 날 위로해줄 왕자님은 나타나지 않고, 종국엔 '구박데기' 로 전락하기 십상이다.

앞서 말한 인격장애자도 삶의 함정이지만, 남이 나를 함부로 대하도록 내버려두는 사람들에게도 문제는 있다. 그런 이들의 특징은 자신보다 권력이 있거나 나이가 많은 사람들뿐 아니라 동등한 위치에 있는 동료나 친구들에게까지 만만한 '밥' 이 되어 준다는 것이다. 다른 사람들과 부딪히기 싫어서, 혹은 성격 좋은 사람으로 보이고 싶어서 한 번 두 번 나를 허용하다 보면 영원히 누구에게도 대접받을 수 없는 사람이 되고 만다. 남에게 구박만 받는 캔디는 현실 속에서는 결코 테리우스를 만날 수 없다.

누가 기분 나쁜 말을 할 때마다 예민하게 굴라는 말이 아니다. 주변 사람이 당신을 대하는 태도가 도를 넘었다 싶으면 정중하지만 명확하게 의사 표현을 하는 등 뭔가 적극적으로 대처하는 모습을 보여야 한다는 것이다. 혹시 캔디처럼 나를 적대시하는 사람들에게도 정을 베풀면 그들이 감동을 받아 태도를 바꿀 거라고 생각하는가? 그건 만화에서나 있는 일이다. 남이 나를 못살게 굴도록 내버려두는 건 '난 괴롭혀도 되는 사람이다.'라고 광고하는 것과 마찬가지다.

때때로 구박당하는 데 익숙해져 있는 여자들을 보게 될 때가 있다. 아무리 심한 말을 들어도 끄떡없는 그녀들을 볼 때면 강하다는 감탄보다는 안쓰러운 마음이 앞선다. 많은 이들이 오해하고 있는 것처럼 사람이 받는 마음의 상처라는 것은 여러 번 받는다고 해서 고통이 덜해지는 것이 아니다. 아들 다섯을 둔 여인이 자식들을 차례로 모두 전쟁통에 잃었다고 가정하면 다섯째 아들을 잃었을 때의 고통이 첫째 아들을 잃었을 때보다 덜할 거라고 생각하는가? 남에게 심한 대접을 받는 것도 마찬가지다. 오히려 횟수를 더해갈수록 상처는 더 깊어지고 자아는 더 아래로 추락하게 된다. 구박당하는 데 익숙해진다는 것은 마음이 고통을 견딜 만큼 강해지는 게 아니라 나를 잃어가고 있다는 증거로 보는 게 옳다.

무엇보다 소중한 20대의 당신은 자신을 괴롭히고 우습게 여기는 사람을 보면 선창에 풀린 청어처럼 파닥거려야 한다. 드러내놓고 나를 무시하는 태도를 만나면 위장이 뒤틀려야 건강한 자아를 가진 것이다. 다른 사람과의 관계를 잃게 될까 두려워하는 마음을 버리고 당신 자신을 믿어라. 그러면 당신을 귀족처럼 대접해줄 줄 아는 사람들이 하나 둘 모여들게 될 것이다. 이제 더 이상 캔디는 없다.

책을 함부로 읽어라

책도 소비하라

　T는 모든 문제를 책으로 해결하는 습관을 가진 여자다. 생활이 너무 건조하다 싶을 때는 소설을 읽고, 상사 때문에 피곤할 때에는 직장 내 인간관계에 대한 책을 읽으며, 몸이 좀 둔해졌다 싶으면 다이어트에 대한 책을 찾아 읽는다. 2년 전 자신이 발견한 에세이는 '운명의 짝'이라고 할 정도로 좋아해 자신감이 없어질 때마다 충전하듯 꺼내 읽기도 한다. 또래의 여자들이 책 읽기를 부담스러워하는 것과 달리 그녀는 잡지 뒤적이듯 책을 읽는다. 하지만 그녀가 원래 그처럼 독서를 좋아했던 것은 아니다.

　대학 졸업반 때, T는 어느 기업에서 하는 행사에 응모했다가 '도서

상품권 벼락'을 맞은 적이 있었다. 그 덕에 그녀는 부담 없이 책을 사들였고 그때 읽은 책 한 권의 내용에 감화받아 실천을 해보았다가 졸업하기도 전에 취업에 성공을 하는 경험을 하게 되었다. 그때 책 읽기에 재미를 들인 그녀는 모든 문제의 해답을 책에서 찾아내는 고수의 경지에 이르게 되었다.

T는 사회생활을 하면서도, 연애를 하면서도 자신이 남보다 한 걸음 앞서 있는 것을 피부로 느낀다고 한다. 그녀는 다른 사람들이 책을 추천해달라고 할 때에도 너무나 실질적인 도움이 되는 책 몇 권은 빼놓고 말해주게 된다고 한다. 자기만의 비법으로 남겨놓고 싶은 마음 때문이다. T는 친구들이 여우같이 잘 살아내는 비결이 독서라고 하면 성의 없는 대답이라고 섭섭해하는 게 이해되지 않는다고 한다.

우리 사회에서 사람들이 생각하는 책이란 교양을 쌓기 위한 것이고, 필요한 지식을 습득하기 위한 수단일 뿐인 것 같다. '인간의 가치를 높이기 위한 것'이라는 추상적이고도 고귀한 목적 때문에 우리에게 독서는 사치다. 그래서 1만 원에 육박하는 거금을 투자하고 끝까지 정독하고 난 다음에는 곧바로 마음속의 천지개벽이 일어나주기를 기대한다. 고작 책 한 권을 읽으면서 말이다.

일반적으로 사람들은 소장을 하게 되는 내구성 소비재를 소모성 소비재보다 더 신중하게 구매하게 되는 것 같다. 물론 가구나 자동차처럼 내구성 소비재가 더 비싸기도 하지만 비슷한 가격일 때에도 그런 소비 성향을 보인다. 소장하게 되는 물건에 대해서는 '소장할 가치'를 기대하기 때문이다. 우리나라 사람들은 책을 소장품으로 생각한다. 그래서 영화 관람료는 서슴지 않고 지불하면서 비슷한 가격의 책은 큰맘 먹고서야 구입하게 되는 것이다.

우리는 책을 좀더 만만하게 볼 필요가 있다. 습관처럼 사서 보고 친구에게 주거나 지하철에 두고 내릴 만큼 만만하면 더할 나위 없겠다. 우리가 책을 읽고 소비하는 물건으로 생각한다면 외국에서처럼 소장본과 같이 문고판도 나와 싼값에 책을 구할 수도 있을 것이다.

책이 귀했던 시절을 산 우리 부모님들이 가르쳐준 책에 대한 생각들은 모두 틀렸다. 책은 화장실에서 큰일 보면서 뒤적일 수 있을 만큼 편안하고, 형광펜으로 낙서하면서 볼 수 있을 만큼 부담 없는 것이어야 한다. 그래야 많은 책을 읽을 수 있고, 많은 책을 읽어봐야 첫 장만 보고도 끝까지 읽을 책과 냉큼 던져버려야 할 책을 구분할 수도 있게 된다. 인생을 바꿀 만큼 나에게 맞는 책을 찾는 것도 다독을 통해서만 가능하다. T가 당첨된 도서상품권으로 부담 없이 책을 사들일 수 있었을 때 책 읽기의 효용과 재미를 알게 된 것처럼 책을 바라보는 눈에서 힘을 빼야 독서를 통해 삶의 지혜를 얻는 사람으로서의 혜택을 누릴 수 있게 되는 것이다.

책을 샀다면 마음껏 소비하라. 읽다 만 부분은 애써 책갈피 찾을 필요 없이 접어버리고, 마음 내키면 책 읽은 감상을 끼적거려도 된다. 읽다가 전화번호 적을 일이 생기면 여백을 메모지로 활용하면 좀 어떤가. 대대손손 물려줄 금장도서가 아니라면 당신이 비용을 들여 산 책을 상전 모시듯 어렵게 대할 필요가 전혀 없다. 도서관에서 빌린 책에는 라면 국물도 마음 놓고 흘리면서, 자신이 산 책은 딱 한 번 애지중지 읽고는 책꽂이에서 몇 년 묵히다 이사 갈 때에야 재활용 쓰레기로 정리하는 여자는 책을 삶의 도구로 활용할 줄 모르는 사람이다.

굳이 책을 사서만 읽으라는 이야기가 아니다. 우리가 책을 상전 모시듯 하기 때문에 도서관에서 빌려 읽는 것조차 힘들어 하는 것이다. 대출한 책을 자신이 산 것처럼 소모해서는 안 되겠지만 내용만큼은 소모성 소비재로 생각하라. 그러므로 책을 한 번 펼치면 반드시 끝까지 읽어야 한다는 생각도 버려라. 반만 읽고 반납해버린 책에 대해 죄책감을 느끼기 시작하면 좀처럼 책 읽기를 시작할 수가 없는 사람이 되고 만다. 가벼운 책 읽기에 익숙해진 사람만이 깊은 독서도 할 수 있게 되는 것이다. 우리도 언젠가는 프랑스 여자들처럼 철학서적을 가십성 소설처럼 읽을 수 있게 되기를 바랄 뿐이다.

특별하게 살려면 책 속의 뻔한 말들에서 진리를 찾아라

불행을 찾아다니는 여자들의 특징 가운데 하나가 모든 충고들을 뻔한 것이라고 생각한다는 것이다. 그녀들은 쉽지 않게 말을 꺼내는 친구들의 진심 어린 고언을 흘려듣고, 경험자들의 충고를 무시한다. 그리고 뻔한 이야기를 하고 있다고 하며 대부분의 책들을 읽지 않는다. 책을 상전 모시듯 하며 막연하게 뭔가 특별한 것을 기대하는 그녀들에게 뻔하지 않은 책을 찾기란 하늘의 별 따기다. 하지만 세상에 관심을 기울이지 않은 채 자신의 문제만 불안하게 바라보는 그녀들에게 뻔하지 않은 조언이란 없다.

부모의 잔소리에 기가 질리던 10대 때에는 당연히 '지당하신 말씀들'이 귀에 들어올 리 없었다. 그러나 20대에는 너무 많이 들어서 귀가 무뎌져버린 말들을 자기만의 관점으로 재해석해 자기 인생에 적용할 수 있어야 한다.

사실 삶의 본질에 대한 이야기치고 뻔하지 않은 것이 없다. 뻔하다는 것은 그만큼 오랜 세월 많은 사람들이 경험과 연구에 의해 알아낸 실증적인 결론이라는 이야기다. 생각하기 싫어하는 사람, 발전하기를 거부하는 사람들은 애초에 뻔한 것을 전제로 할 수밖에 없는 모든 충고를 거부한다. 옮기는 직장에서마다 사람들과 마찰을 일으키면서도 '같은 일이 반복해서 일어난다면 문제는 분명 당신에게 있는 것이다.'라는 말을 흘려듣고, 가난을 한탄하면서도 '부자가 되려면 아껴서 저축하고 재테크 공부를 해라.'라는 말을 귓등으로도 듣지 않는다.

요즘은 많은 기업들이 컨설팅 회사에 자문을 의뢰한다. 그런데 컨설팅 회사의 보고서를 읽은 사람들이 한결같이 하는 말이 '자기들도 알고 있는 뻔한 내용'이라는 것이다. 그렇다고 해서 컨설팅이 기업에게 무의미한 것일까? 아무리 알고 있는 내용이라고 해도 식견 있는 타인에 의해서 정리된 평가는 조직 내에서 다르게 작용하게 된다. 때로는 그 작용이 회사의 앞날을 좌우하는 결정에 영향을 주기도 한다. 결국 기업들은 뻔한 말을 듣기 위해 그 큰 비용을 지불하는 셈인 것이다.

당신에게 해결하고 싶은 문제나 원하는 바가 있다면 그에 대한 모든 충고와 조언들은 결코 뻔하다고 흘려들어서는 안 된다. 따라서 차례만 봐도 내용이 훤히 보이는 책들이라고 해서 읽지도 않고 덮어서도 안 되는 것이다. 물론 개중에는 그 뻔한 말들을 전하는 사람의 통찰력 있는 해석이 빠진 텅 빈 조언들도 꽤 많기는 하지만 그 때문에 당신을 변화시켜줄 결코 뻔하지 않은 각론을 담은 명제들까지 우습게 보는 우를 범하지 말라. 책 속의 뻔함은 결론이 들여다보이는 못 만든 드라마의 뻔함과는 다른 것이다. 독자가 뻔하지만 진실일 수밖에 없는 결론의 지점에 잘 도달할 수 있도록 색다른 풍경의 길을 보여주는 게 바로 책이다.

제법 세상을 알아버린 당신의 선입견 때문에 책 속의 뻔한 진실을 놓치지 말라. 어쩌면 나이 든다는 것은 뻔한 진실들을 확인해가는 과정일지도 모른다. 마음을 열고 그 과정에 잘 적응해가는 여자만이 세상을 자기 편으로 만들면서 귀족의 팔자로서 살아갈 수 있는 것이다.

지상에 추녀는 없다

뭐든 꾸미지 않은 것이 아름답다?

Y는 대한민국을 대표하는 건전하고 성실한 청년이라고 자부하는 20대 후반의 남자다. 그런 그가 요즘 여자친구 때문에 엄청난 고민을 하고 있다. Y의 여자친구는 대학시절 그에게 적극적으로 다가왔었다. 착한 마음씨와 자신을 향한 지순한 사랑에 감동받은 그는 곧 그녀와 사귀게 되었다. 그런데 최근 Y는 여자친구와의 관계에 회의를 느끼기 시작했다.

문제는 바로 그녀의 외모였다. 처음부터 그녀의 외모에 이끌려 사귀게 된 것은 아니었지만 나이가 들수록 더욱 초라해져가면서도 도무지 외모에는 신경을 쓰지 않는 그녀의 모습을 볼 때마다 점점 애정이 식어가는 것이었다. 여자친구를 데리고 나 보란 듯이 거리를 활보하는 것이 별로 내키지 않았고, 친구들마다 근사한 여자친구를 데리고 나오는 모임에는 아예 나가고 싶지도 않았다.

Y는 이래서는 안 된다는 생각에 마음을 다잡으려고 노력했지만 자기혐오만 커져가고 마음은 그녀에게서 점점 멀어져만 갔다. 나중에는 조심스럽게 여자친구에게 좀 가꿔보는 게 어떠냐는 권유를 하고 여성스러운 옷도 사주었지만 허사였다.

"나는 너한테 있는 그대로의 모습만 보여주고 싶어. 너도 그런 날 좋아하는 거 아니었어?"

그런 그녀의 말에 Y는 더 이상 할 말이 없었다.

한번은 선배와 친구들이 있는 자리에서 그 문제로 조언을 구했다가 '공공의 적'으로 몰려 몰매를 맞을 뻔했다. 그토록 나무랄 데 없는 여자친구를 외모 때문에 멀리하면 넌 사람도 아니라는 대답만 돌아왔다.

결국 Y는 죄책감 때문에 그녀를 떠나지도 못하고, 애정을 회복하지도 못한 채 아직도 괴로워하고만 있다. 정말 사람들 말대로 Y는 사람의 겉껍질만 보고 판단하는 저급한 부류의 인간인 것일까?

Y가 착한 여자친구를 떠난다면 정말 많은 사람의 비난을 받게 될 것이다. 그러나 따지고 보면 오로지 그만을 탓할 수 없다는 사실도 부정할 수는 없다.

우리 여자들은 여성의 외모에 대책 없이 이끌리기 마련인 남자들을 한심한 눈으로 바라볼 때가 많다. 하긴, 그들은 나이 들 만큼 들어 재혼을 할 때에도 새 배우자감의 외모를 1순위로 볼 정도로 외모에 혹하는 못 말리는 인종이기는 하다. 이전 부인과 이혼한 사유가 분명 외모가 아닐 텐데도 말이다. 그렇지만 그들이 끌리는 외모라는 게 타고난 몸매와 주먹만 한 얼굴, 오목조목한 이목구비처럼 절대적인 미의 공식과 꼭 일치하지는 않는다는 데에 주목할 필요가 있다.

사람들은 자신의 외모를 지나치게 방치하는 사람을 보면 자신을 소중히 여기지 않는 사람이라고 생각해버리게 되는 것 같다. 실제로 그렇건 그렇지 않건 말이다. 자신을 소중히 여기지 않는 사람에게 매력을 느끼고 그 느낌을 지속시키는 일이란 아나콘다를 귀여워하게 되는 것만큼이나 어려운 일이다. 그래서 난해한 취향을 가져 무서워 보이기까지 하는 여자들이 아예 꾸미지 않은 여자들보다는 인기가 있는 납득하기 힘든 현상도 나타나는 것 같다. Y도 아마 그 여자친구의 객관적인 외모보다는 자신을 소중히 여기지 않는 것 같은 태도에 애정이 식고 있는 것이기 쉽다. Y가 오로지 외모에만 흔들리는 사람이었다면 그녀와 그토록 오랫동안 연인 관계로 지내는 것 자체가 불가능했을 것이다. 여자친구가 '꾸미지 않은 것이 아름답다.' 라는 신념을 조금이라도 수정해 그를 배려해주지 않는 한 그의 마음이 그녀에게 돌아갈 가능성은 없어 보인다.

노력 없이 아름다운 여자는 없다

20대 시절, 주변의 아름다운 여자들을 보고 나는 꾸미지 않는 것이 예쁜 거라고 생각했다. 그들은 화장기 없어 보이는 얼굴과 요란하지 않은 차림새만으로도 빛이 났고 나도 그들을 본받아 외모 가꾸는 데 별 신경을 쓰지 않았다. 지금 생각해보면 난 그녀들에게 속아도 한참 속았다. 알고 보니 외모에 전혀 신경 쓰지 않고도 아름다운 여자들은 매우 축복받은 극소수에 지나지 않았다. 자연스럽게 눈을 돋보이게 해주던 눈썹은 공식에 맞게 세련되게 정리한 것이었고, 아무것도 안 바른 것 같던 눈은 아이라이너를 빼먹지 않고 그린 것이었다. 화장기 없어 보이던 맑은 피부는 성실한 피부 관리와 뛰어난 화장 기술의 승리였고, 아무렇게나 걸쳐 입은 듯하면서도 예뻐 보이던 옷차림은 꾸준한 다이어트와 거울 앞에서 수십 번 옷들을 이렇게 저렇게 맞춰 입어본 성과였다. 사람들이 높이 사는 아름다움은 '꾸미지 않은 것'이 아니라 '꾸미지 않은 듯이 꾸민 것'이었던 것이다.

이론의 여지가 많겠지만 나는 한창 아름다운 20대 여자들이 외모를 가꾸지 않는 것을 보면 고장 난 수도꼭지에서 물 새는 걸 볼 때처럼 아깝다. 그녀들은 가장 아름다운 시기가 지나가고 있다는 사실에도 초연하기만 하다. 스쿨걸룩과 섹시룩을 모두 소화할 수 있는 시기는 평생 이때뿐이고 다시는 돌아오지 않는데도 말이다. 이미 피부가 늘어지고 군살이 제멋대로 붙기 시작하는 30대를 살고 있는 내게는 길에서 보는 모든 20대 여성들이 너무나 아름다워 보인다. 각자가 타고 난 아름다움이 있고 그게 한창 꽃피는 때가 20대 때인데, 그것이 돋보이도록 다듬지 않아서 빛을 내지 못하는 게 안타까운 것이다. 가꾸지 않는 이유로 많이들 내세우는 '개성'이라는 것조차 다른 부분을 매끄럽게 손보아야 제대로 드러날 수 있다는 것을 모르는 여자들이 많은 것 같다.

아직도 꾸미지 않은 아름다움에 대한 신화를 믿는 여자들은 언제든 돈과 시간만 있으면 멋지게 꾸밀 수 있다고 생각하는 것 같다. 여주인공이 뜻하지 않게 참석한 파티에서 안경을 벗고 드레스를 입은 채 나타나면 남자 주인공들이 한눈에 반해버리는 순정만화의 단골 상황에서처럼 말이다. 그러나 현실에서는 평소 자신을 가꾸지 않는 여자들이 어쩌다 마음먹고 차려입은 모습을 보기가 민망한 경우가 더 많다. 수위 조절에 실패해 광대 같은 화장을 하거나 어울리지도 않는 야한 옷을 걸치기도 한다. 그 반대로 너무 소심하게 치장해 초라해 보일 때도 있다. 자신을 가장 돋보이게 하는 스타일을 찾아내는 것은 굉장히 어려운 일이며 오랜 시간에 걸친 꾸준한 노력이 필요한 일이다.

우리 주변에는 분명 겉모습만 그럴듯하고 속이 빈 여자들도 있다. 그러나 그녀들의 내적 빈곤이 외모를 가꾸는 데에서 기인한다는 것은 편견이며 오해다. 나는 외모를 가꾸기 시작하면서 자기중심을 더 잘 찾아나가는 여자들을 많이 보아왔다. 그녀들은 거울을 더 자주 들여다보고 자신에 대해 더 많이 생각하면서 내적, 외적인 개성을 찾아내고 나날이 더 자신을 발전시켜나가고 있었다. 행복해지면서 더 예뻐졌고, 예뻐질수록 자신감도 커져갔다.

20대 여자 중 구제가 안 될 정도로 못생긴 여자는 없다. 30대가 되어 오히려 더 피어난 여자들을 지켜본 경험에 따르면 누구나 필요한 만큼 아름다워질 수 있다. 당신 자신을 사랑하고 연구하라. 그러다 보면 그 방법도 보일 것이다.

Chapter 5

꿈, 절대! 절대! 절대! 포기하지 말라

지금 당신에게 정말 이루고 싶은 일이 있다면
딱 스무 번만 시도해보겠다고 다짐해보라.
스무 번을 실패하지 않는 한 섣불리 좌절하지 않겠다고 못을 박아두라.
아마 자신이 정말 원하는 일이라면 생각보다
적은 시도로 가시적인 성과가 나타나서 깜짝 놀라게 될 것이다.

꿈은 간직하고만 있어도 이루어진다

꿈은 삶의 자동항법장치다

처칠이 옥스퍼드 대학 졸업식에서 한 연설 아닌 연설은 아는 사람은 다 알고 있을 것이다. 노벨 문학상을 수상한 문장가이자 당대의 명연설가이며 위대한 정치가였던 그는 잔뜩 기대하며 숨죽여 축사를 기다리는 청중에게 이렇게 말했다.

"Never give up!

Never give up!

Never give up!"

그게 전부였다.

우리 영리한 세대는 포기해야 할 때 정말 포기할 줄 아는 게 '쿨한 것'이라고 생각한다. 물론 맞는 말이다. 그러나 자신이 정말 이루고 싶은 꿈을 찾아낸 이후라면 얘기가 달라진다. 처칠이 짧게 힘주어 말한 대로 절대! 절대! 절대! 포기해서는 안 된다.

영화나 드라마, 소설, 만화 등에서 꿈을 지키는 과정이란 목숨이 왔다 갔다 할 정도로 지난하다. 이런 미디어의 영향을 받은 우리는 꿈을 포기하지 않고 갖는다는 것에 대해 굉장한 부담을 느끼고 있는 것 같다. 그러나 실제로는 꿈을 지키기 위해서 꼭 안간힘 쓸 필요는 없다.

당신은 아직도 갖은 괄시와 모멸을 참아내고, 하루 걸러 하루 코피를 터뜨리며, 양은냄비에 계란도 없이 라면 끓여 먹는 장면을 떠올리면서 꿈을 이루기 위해 어떤 고난이라도 이겨내겠다는 각오를 하는가? 정말 꿈을 이루고 싶다면 각오하지 말라. 각오하며 이를 악물어봤자 어금니만 상한다. 꿈은 그저 조용히 간직하고만 있어도 이루어지는 것이다. 우리가 24시간 꿈을 이룰 태세를 갖추려고 노력하지 않아도 저절로 삶이 꿈을 향해 가게 되어 있다. 마음속에서 꿈을 포기하고 지워버리지만 않는다면 손 놓고 있어도 저절로 흘러간다. 마치 자동항법장치가 조종하는 배처럼 말이다.

꿈의 힘을 믿어라

꿈을 이루는 일이 생각만큼 힘들고 어려운 일이 아님에도 불구하고 대부분의 사람들이 꿈을 포기하는 이유는 딱 두 가지다.

그 첫 번째가 꿈이 없는 경우다. 사람들은 누구나 꿈과 바람이 있는 것 같지만 사실은 그렇지 않다. 자신이 정말 원하는 것을 알고 있고 그것에 대해 꿈을 품는 사람은 드물다. 없는 꿈이 이루어질 턱이 없으니 그 많은 사람들이 꿈을 이루지 못하고 사는 것이다. 진짜 꿈은 자신이 바라는 미래의 삶의 모습을 뚜렷이 알고 있고, 정말 그렇게 되고 싶다는 바람이 있어야 하는 것이다. 20대는 이 꿈을 뚜렷이 해야 하는 시기다. 자신에 대해 아주 잘 알아야 하기 때문에 20대 초중반까지 꿈을 세운다는 것은 매우 힘든 일이다.

20대 초반에 섣불리 자신의 꿈을 결정지어버렸다가 중간에 포기하고는 서른 살이 넘도록 결국 진짜 꿈을 찾지 못한 사람도 여럿 보아온 터다. 평생 자신이 품고 살아야 할 꿈을 서둘러 찾으려 하지 말고 나름의 생활에 충실하면서 자신을 탐색해나가길 바란다. 그러면 어느 날 갑자기 꿈이 불쑥 떠오르게 되어 있다.

두 번째 이유는 사람들이 목표에서 돌아가는 길을 용납하지 못하기 때문이다.

어느 등산객이 멀리 보이는 낯선 산봉우리를 목적지로 정했다고 가정해보자. 그는 당연히 그 봉우리를 향한 직선 코스를 우선 갈 길로 정할 것이다. 하지만 그 직선 코스 그대로 길이 있는 경우는 흔치 않다. 가다 보면 암벽이 있거나 숲이 가로막혀 있어 다른 길을 찾아 돌아가야 할 때가 더 많다. 등산객들은 뻔히 눈에 보이는 산봉우리에서 오히려 멀어지는 쪽으로 발걸음을 옮겨야 할 때마다 회의를 느끼게 될 것이다.

'대체 언젠가 저기로 갈 수 있기나 한 걸까?'

'내가 왜 저 봉우리까지 올라가야 하지?'

그 등산객은 맘속의 갈등을 극복하지 못하고 끝내 발길을 돌려 집으로 돌아가게 된다.

우리는 가고자 하는 목적지를 선택할 수는 있지만 길을 선택할 수는 없다. 내 뜻대로 길이 나주지 않는다고 투정 부리고 좌절하면 궁극적인 꿈뿐만 아니라 가까운 장래의 목표조차 이룰 수 없다. 기존의 선동적인 조언자들 말대로 없는 길을 만들 것까지도 없다. 내가 갈 목적지에서 눈을 떼지 않고 있기만 하면 길은 저절로 나타나게 되어 있으니 말이다. 당장 뜻하지 않은 일이 벌어져 꿈에서 멀어지게 되었다고 해도 지금의 이 상황조차 꿈을 향해 가는 또 다른 길이라는 걸 절대로 잊지 말라.

꿈은 꼭 이루어질 것이라는 믿음을 버리지만 않는다면 엄청난 일을 저질러버리는 에너지 덩어리다. 사람의 무의식이 직접적인 인과관계 없이도 현실과 영향을 주고받을 수 있다는 융의 동시성 이론도 꿈의 힘을 뒷받침한다. 그 이론은 오늘날 물리학에서도 재조명되고 있다.

삶에 힘과 의미를 주고 원하는 삶을 살 수 있게도 해주는 꿈을 찾고 지키는 일에 젊음을 투자하라. 세상의 수많은 성공한 사람들에 의해 입증된 꿈의 힘을 믿어라.

그 나이 먹도록
실패도 안 해보고 뭐 했니?

실패를 안 해본 인생이야말로 실패한 인생이다

사회학 전공이지만 옷에 관심이 많아 인터넷 사업에 뛰어들었던 친구의 동생이 끝내 사업을 접었다고 말했을 때, 나는 하마터면 축하한다고 말할 뻔했다. 하지만 그게 진심이었다. 20대 초반에 뭔가를 해볼 결심을 하고 벌써 하나의 실패를 해보았으니 저 녀석은 앞으로 못할 일이 없겠다 싶은 대견한 마음이 들었던 것이다.

어려서 실패는 성공의 어머니라는 식의 말을 들었을 때에는 그저 실패한 사람을 위로하려고 누가 지어낸 말이겠거니 했었다. 실패는 실패일 뿐이라고 여겼었다. 그런데 나이가 들면서 실패를 여러 번 겪다 보니 '실패의 맛'이 느껴졌다. 내게 불만족스러운 상황과 맞닥뜨렸을 때 가만히 앉아서 감수하는 것보다는 어떻게든 극복해보려고 애쓰다가 실패하는 게 훨씬 낫다는 것을 알게 된 것이었다. 그건 실패를 통해 배우는 게 정말로 많기 때문이다. 실패를 통해 얻은 것들은 고스란히 자신의 것이 되기 때문에 엄밀한 의미에서 완벽한 실패란 없다고 본다. 실패도 자주 해서 익숙해지면 좌절되기보다는 하나의 과정처럼 자연스럽게 받아들여진다.

20대들은 자신만만하다. 그런데 그 자신감은 꺾여본 적이 없어서, 다시 말해 실패를 몰라서 갖게 된 자신감인 경우가 많다. 그런 자신감은 조금만 시련이 닥쳐와도 쉬 무너져버린다. 자기 힘으로 실패를 이겨내고 얻은 '근거 있는 자신감'만이 생의 보물이 되는 진짜 자신감이다.

같은 맥락에서 젊은 시절의 어설픈 성공만큼 위험한 것도 없다. 어느 영화감독 지망생이 처음으로 단편영화 한 편을 만들었는데 그게 인터넷을 타고 사람들에게 알려지면서 엄청난 유명세를 타게 되었다고 가정해보자. 당장 독특하다는 평단의 찬사와 순식간에 형성된 마니아 층이 있다고 해서 그가 나중에 영화감독으로 대성할 수 있을까? 그 영화감독 지망생의 장래만을 놓고 보자면 단편영화의 우연한 성공은 행운이 아니라 재앙이다. 그건 어떤 분야에서건 성공 자체만으로는 무언가를 배울 수가 없기 때문이다. 어느 누구도 성공한 자신의 작품을 통해서는 교훈을 찾으려 들지 않는다. 별다른 경험이 없는데도 무언가가 맞아떨어져서 너무나 일찍 성공해버린 사람들은 실패를 통한 수업과정을 받아들이는 데 남보다 큰 어려움을 겪게 된다. 그들은 나중에 몇 배나 되는 큰 대가를 치러야 진정한 성공의 대열에 낄 수 있다. 어린 나이에 성공했던 유명 인사들 중 중년이 되어서도 빛을 발하는 사람이 거의 없는 것도 그래서다. 당신이 아직 성공하지 못한 20대라면 가슴을 쓸어내리며 안도의 한숨을 내쉬어도 좋다.

위인 전기를 보면 우리가 익히 알고 있는 드라마틱한 성공담보다 읽기조차 마음 불편한 실패기가 훨씬 더 많다는 사실을 발견하게 된다. 성공한 사람을 위대하게 만드는 건 성공 자체가 아니라 순전히 그 성공에 다다르기 위해 겪은 수많은 실패들인 것이다.

20대는 실패의 황금기다

K가 경력직으로 지원한 회사에서 면접을 보고 있을 때였다. 면접관 한 명이 바이어를 설득해 계약을 성사시킨 경험이 얼마나 있느냐고 물었다. 그녀는 자신 있게 대답했다.

"예. 이제까지 바이어를 설득하는 데 실패한 적이 없습니다."

그러자 흡족해할 줄 알았던 면접관에게서 뜻밖의 질문이 되돌아왔다.

"실패한 적이 없다는 건 경험이 별로 없다는 뜻인 것 같군요. 안 그런가요?"

K는 순간 대답할 말을 찾지 못해 엉성한 답변만 하고 물러났다. 그녀가 당황한 건 그 면접관에게 허를 찔렸기 때문이었다.

천성이 소심한 그녀는 늘 될 것 같은 일에만 나섰고, 일이 잘못될 것이 두려워 계획을 행동으로 잘 옮기지도 못했다. 나름대로는 자신이 신중하기 때문에 그렇다고 했지만 결과적으로 이루어놓은 것이 없었다. 그녀가 나이에 비해 경력이 떨어지는 것도 그 때문이었다. 그녀는 처음으로 실패한 경험조차 없는 자신이 부끄럽게 여겨지는 것이었다. 며칠 동안 그녀의 귓가에서는 면접관의 목소리가 환청처럼 맴돌았다.

"넌 그 나이까지 실패도 못 해보고 뭐 했니?"

20대는 실패를 해보기에 가장 좋은 시기다. 실패를 한다고 해서 비웃을 사람도 없고, 가진 것 없는 이때의 실패가 인생에 큰 타격을 줄 것도 별로 없다. 넘어질 때마다 발딱발딱 일어설 수 있는 에너지도 있다. 게다가 20대의 실패는 누가 봐도 아름답기까지 하지 않은가. 이런 황금기에 실패를 두려워하면서 복지부동하고 있다면 반드시 나이가 더 들어 K처럼 후회를 하게 된다.

20대는 못 먹는 감을 부지런히 찔러봐야 하는 시기다. 내가 못 먹는 감이라고 해서 쳐다보지도 않는다면 영영 감 먹을 기회는 오지 않는다. 감 주인한테 잔소리 들을 각오를 하고 부지런히 찔러가며 내가 어딜 봐서 감도 못 먹을 사람인지 연구하는 여자에게만 언젠가 감을 먹을 차례가 돌아오는 것이다.

하지만 실패를 불굴의 의지를 가진 스포츠 만화의 주인공들처럼 피눈물 흘리며 극복하는 것으로 여길 필요는 없다. 에디슨은 전구를 발명하기 위해 자그마치 천 번의 실패를 한 경험에 대한 질문을 받자 자신은 실패한 적은 없고 천 번의 과정을 겪었을 뿐이라고 태연히 말했다고 한다. 그렇게 실패도 자연스럽게 삶의 일부로 받아들이면 된다. 실패와 친해져라. 그래야 더 많은 실패를 하고 더 많은 것을 배울 수 있다.

지금 당신에게 정말 이루고 싶은 일이 있다면 딱 스무 번만 시도해보겠다고 다짐해보라. 스무 번을 실패하지 않는 한 섣불리 좌절하지 않겠다고 못을 박아두라. 아마 자신이 정말 원하는 일이라면 생각보다 적은 시도로 가시적인 성과가 나타나서 깜짝 놀라게 될 것이다. 스무 번을 시도하고도 잘 안 됐다면 그 길은 당신의 것이 아니라고 생각하고 깨끗하게 포기하라. 자신이 무얼 포기해야 하는지 확실히 알게 되는 것 자체가 엄청난 성과이며 인생의 큰 부분을 절약하게 되는 것이다.

실패한 인생을 사는 어른들의 공통점은 젊은 시절 실패를 너무 적게 해본 사람들이라는 것이다. '가만히 있으면 중간은 간다.'는 생각이 그들의 발목을 잡고 현재에 고여 썩게 만들었다. 미국의 전설적인 홈런왕 베이브 루스가 기네스북에 오른 기록은 최다 홈런과 동시에 최다 삼진아웃도 있다는 것에서도 알 수 있듯 실패를 많이 해야 성공도 할 수 있는 것이다. 수십 년 후 실패한 인생으로 남고 싶지 않다면 지금 밖으로 나가 부지런히 실패하라. 실패의 교훈과 비례해서 얻게 될 크고 작은 성공의 경험들은 정확히 그 횟수만큼 당신을 남보다 앞서게 해줄 것이다.

일을 내려면
김칫국부터 마셔라

된다고 믿어야 된다

N이 보기에 P는 참 독특한 친구다. 항상 긍정적이고 적극적인 그녀에게는 '떡 줄 놈은 생각지도 않는데 김칫국부터 마시는' 버릇이 있었다. 대학시절에는 남자친구도 없으면서 데이트를 할 때 상황별로 대처할 행동들을 연구했고, 취직 시험을 볼 때에는 아직 서류전형 통과도 불투명한 상태에서 면접 때 입을 옷부터 사러 다니는 식이었다. N은 전에는 그런 P를 '또 김칫국부터 마신다' 며 놀리기만 했는데 가만 돌이켜보니 P가 그렇게 미리 대처한 일들은 꼭 나중에 쓰일 일이 있었다. 요즘 와서 N은 P를 지켜보며 많은 생각을 하게 된다.

하루는 P가 평소에는 관심도 없었던 인테리어 잡지를 사서 열심히 보는 모습을 보고 웬 거냐고 물었다.

"나 깨끗한 오피스텔로 이사 갈 거거든. 도대체 어떻게 꾸밀지 몰라서 공부 좀 하려고."

그 말에 N은 후미진 단칸방에서 살며 직장 생활하는 P가 먼 친척에게 갑자기 유산이라도 받았나 했다. 그러나 이야기를 듣고 보니 P는 통장에 500만 원 저축해놓은 게 전부였다. 그렇다고 따로 믿을 구석이 있는 것도 아니었다. N에게는 돈도 없으면서 방을 컨템퍼러리 풍으로 꾸미네 프로방스 풍으로 꾸미네 고민하고 있는 그녀의 모습이 그렇게 한심해 보일 수가 없었다. 그런데 P는 그렇게 1년 동안 인테리어 잡지를 보더니 정말 오피스텔로 이사를 해버렸다. 그것도 월세가 아닌 전세로.

그사이 무슨 대단한 기적이 일어난 건 아니었지만 그녀가 저축한 돈과 부모님이 보태준 돈, 오빠네 부부가 빌려준 돈을 가지고 어쨌든 오피스텔로 이사를 가긴 갔다. 집들이 날, 꿈꾸던 대로 인테리어 잡지에서 튀어나온 것처럼 근사하게 집을 꾸며놓고 싱글벙글인 P를 보고 N은 그동안 합리적인 자신이 가져왔던 생각들을 수정해야 하는 것인가를 두고 혼란에 빠졌다.

'정말 김칫국부터 마시면 떡을 먹게 되는 건가?'

현실을 움직이는 건 눈에 보이는 게 아니다. 우리 모두는 막연히 그 사실을 알고는 있지만 당장 보이지 않는 미래가 현실화될 것이라고 믿기는 쉬운 일이 아니다. 그 믿음을 가시화하려는 행동이 바로 P의 '김칫국 마시기' 다. P의 친구 N처럼 대부분의 사람들은 일어나지도 않은 일에 대비하는 것을 한심스럽게 생각한다. 그들의 생각은 한결같다.

'저러다가 뜻대로 이루어지지 않으면 어쩌려고 저렇게 경거망동인가? 인테리어 생각 같은 건 집이나 얻고 나서 해도 늦지 않을 것을… 쯧쯧….'

꿈꾸지 않는 자는 꿈을 이룰 수 없다. 꿈을 믿고 기억하는 데에는 '김칫국 마시기' 만 한 것이 없다. 이미 자신의 마음속에서 꿈을 이루고 있는 사람들은 현재를 행복하게 살 수 있을 뿐 아니라 정말 삶이 꿈이 이루어지는 방향으로 흘러가게 할 수도 있다. 세상 모든 일은 된다고 생각해야 되는 것이다.

우리 모두에게는 누군가의 가치를 그 사람의 현재를 보고 판단하는 버릇이 있다. 그러나 그 사람이 지금 가지고 있는 것만으로는 그 사람을 평가할 수 없다. 그 사람이 앞으로 가질 수 있는 것이 그 사람을 말해주는 것이다. 그동안 나름대로 근사하게 살고 있는 사람들을 지켜보면서 느낀 것은 현재의 여건이 어떻건 간에 세상의 모든 좋은 것들은 자격 있는 사람들에게만 주어진다는 것이었다. 먼저 자격을 갖추기만 하면 바라는 것들은 언제고 저절로 따라오게 되어 있다. 바로 당

신이 앞으로 이루고 싶은 것, 갖고 싶은 것에 대해 대비하며 미리 김
칫국을 마실 때 그럴 만한 가치가 있는 사람이 되는 것이다.

꿈을 위한 준비는 아무리 빨리 해도 이르지 않다

보통 사람들은 당장 손에 들어올 가능성이 희박한 일들에 대해서는
대비하려 들지 않는다. 희망을 가지기를 두려워하기 때문이다. 하지
만 삶을 발전적이고 즐겁게 사는 데 도가 튼 고급 속물들은 희망을 이
용할 줄 안다. '김칫국부터 마시는 것'은 희망을 만끽하고 즐기는 일
이다. 그녀들은 보통 사람들처럼 기대도 안 하고 있다가 갑자기 행운
이 닥쳤을 때 우왕좌왕하지 않는다. 이미 오래전부터 준비를 하고 있
었기 때문이다.

단칸방 월세살이를 하던 P가 집이 생겨야 인테리어 공부를 시작하
겠다고 생각했다면 영원히 멋지게 꾸민 집에서 살 수는 없었을 것이
다. 보나마나 이사 일정에 쫓겨 허겁지겁 고르다가 서로 어울리지도
않는 물건들을 잔뜩 사들이고 후회했을 것이다. 다른 모든 것들이 그
렇듯 인테리어 감각도 급조되는 것이 절대 아니니 말이다.

언제나 기회는 갑자기 오고, 꿈이 이루어지는 것도 순식간이다. 꿈
이 내 손에 들어와 있지 않다고 해서 그 이후를 대비하지 않으면 진짜
로 기회가 왔을 때 제대로 소화하지 못하게 된다. 자칫 내 손으로 들

어왔던 꿈이 다시 손가락 사이로 빠져나가게 될 수도 있다.

꿈이 현실로 달음질쳐 올 수 있는 길을 터주기 위해, 연락도 없이 들이닥친 손님과 같은 꿈에 대비하기 위해, 그리고 건조한 현재를 신나게 살기 위해 지금부터 부지런히 김칫국을 마셔라. 꿈은 사채 빚이 아니다. 미래에서 미리 끌어다와서 현재를 즐기는 데 써도 아무 뒤탈이 없다.

성질 급한 여자만이
꿈을 이룬다

무언가를 하기에 가장 적당한 시기는 언제나 '지금'이다

I는 천성이 게으르고 생각도 많고 소심하기까지 한 성격으로 '행동'을 하기에는 적합하지 않은 사람이다. 그런 그녀가 성격 급하다는 소리를 종종 듣기 시작한 건 20대 중반 무렵부터였다.

그건 그녀의 건망증 덕분이었다. 그녀는 젊은 나이에도 아이 셋은 출산한 주부처럼 건망증 때문에 낭패를 보곤 했다. 과외 아르바이트가 있다는 것을 잊었다가 화가 잔뜩 난 학부형들에게 싹싹 빈 일이 여러 번이고, 리포트를 집에 두고 와 수업까지 빼먹고 가지러 간 적도 있었으며, 사회생활을 할 때는 선배가 부탁한 일을 하지 않았다가 마감에 임박해 얼굴이 노래진 선배와 함께 미친 듯이 마무리를 한 일도 있었다. 메모를 해도 생활에 구멍이 나기는 마찬가지였다.

I는 궁여지책으로 어느 순간부터 할 일이 생기면 잊어버리기 전에 얼른 그것을 행동에 옮기게 되었다. 누군가에게 전화를 해야겠다 싶으면 1초 안에 수화기를 들었고, 챙겨야 하는 물건이 생기면 즉시 가방에 넣어두었다. 뭐든 생각나는 것을 그 순간에 행동으로 옮기는 것이 습관이 되다 보니 그녀는 차츰 사는 모습이 변화하는 것을 느낄 수 있었다. 단순히 해야 할 일을 놓치지 않는 것에서 그치는 것이 아니라 생활 자체가 진화하는 것이었다. 일에서건 생활에서건 자신의 손에 들어온 일들은 전처럼 지지부진하는 것이 아니라 확실한 결실을 맺게 되었고 그것이 쌓여 자신감이 되었다. 그녀는 현재 자신의 성공이 '성질 급한 여자'로 변신한 덕분이라고 굳게 믿고 있다.

서른이 넘어 사람들을 돌아보니 무엇이건 자기만의 세계를 가지게 된 여자들 대부분이 성질 급한 여자들이었다. 그녀들은 만날 일이 생기면 '오늘 당장' 보자고 하고, 새로운 시안 때문에 시장을 둘러볼 일이 있으면 '지금 당장' 가방을 챙겨 들고 뛰쳐나간다. 함께 있는 자리에서 일로 소개시켜줄 사람에 대한 이야기가 나오면 그 자리에서 핸드폰을 눌러 그 사람을 불러내고야 만다.

성격 급한 여자들이 성공하는 건 어떤 일이건 그것이 이루어지려면 '행동'이 일어나야 하고, 생각이 행동으로 옮겨지기에 가장 적합한 시기는 언제나 '지금'이기 때문이다. 그 일이 큰 일이건 작은 일이건 당장 하지 못하는 일은 영원히 못하는 일이다.

20대에는 일단 저질러라

S에게는 막연하지만 바라고 있는 삶의 그림이 있다. 코스모폴리탄이 되어서 세계를 배경으로 열심히 일하고 생각하며 자유롭게 사는 것이다. 그렇게 되기 위한 한 방법으로 오래전부터 유럽이나 미주 쪽에서 몇 년 살며 공부를 해보고 싶다는 생각을 쭉 해오고 있었다. 그런데 그 계획을 세운 지 10년이 넘도록 아직 그녀는 한국땅을 떠나보지 못했다.

몇 년 전, 친한 친구 하나가 함께 미국에 어학연수를 가자는 제안을 한 적이 있었다. 그곳에 가까운 친척이 살고 있어 여러 가지로 도움을 받을 수 있다는 것이었다. 그런데 여러 가지 걱정이 앞서 선뜻 결정을 내리지 못했었다.

"돈도 별로 없는데 그거 털어서 갔다 오면 앞으로 어떻게 살아? 그리고 사표 내고 갔다 와서 일자리를 못 구하면? 나이도 적지 않은데 누가 나를 써주겠어?"

결국 S는 떠나지 못했고, 오히려 그녀보다 여건이 더 안 좋던 친구는 미국행 비행기를 탔다.

바로 얼마 전 귀국을 한 친구를 만나고 온 S는 심란해졌다. 자신이 '갈걸 그랬나?' 하는 생각으로 어영부영 시간을 보낸 요 몇 년 동안 친구는 미국에서 말과 문화를 배우고, 여러 가지 미래에 대한 구상까지 짜놓고 와서는 버젓이 외국계 기업에 취직까지 한 것이었다. 그런 S에게 친구는 아직도 원하는 마음이 있으면 지금이라도 떠나라고 했다. 그러나 S의 대답은 몇 년 전과 다르지 않았다.

"물론 내가 모아놓은 돈이 좀 있고, 아직 결혼하지 않아서 자유로운 몸이긴 하지만 이젠 네가 떠났을 때보다 나이도 더 많잖아. 지금 떠나면 언제 다시 취업하고 언제 결혼하니? 게다가 영어도 잘 못하고….".

"그럼 네가 바라던 외유는 아예 포기하는 거네?"

"그건 아니지만…".

말끝을 흐리는 S에게 친구는 가슴에 못을 박는 한마디를 남겼다.

"그렇게 일을 저지르지는 않고 안 되는 이유만 찾으면 넌 평생 못 떠나."

경험상 신중함과 실천 사이에서 중도를 지켜야 한다는 등의 애매한 충고는 쓸데없다는 것을 잘 알고 있다. 당신이 무언가 행동을 하려고 결심한 일이 있다면, 그리고 자꾸만 여러 가지 일이 생겨서 언제쯤 행동에 옮길지 갈등하고 있다면 무조건 지금 당장 행동으로 옮겨라. 결심을 실천하는 데 거치적거리는 이유가 500가지가 있다고 해도 어디까지나 안 한 것은 안 한 것이다.

20대 여자들이 꿈을 위해 노력한다고 하는 모습들을 가만히 지켜보면 그 '노력'이 그저 생각만 하고 있는 것을 뜻한다는 것을 발견하게 되는 경우가 많다. 그 치열한 내면의 고민들이 노력이라면 차라리 노력하지 말라. 그저 마음 편하게 행동만 하라. 행동한 다음 나타나는 결과들이 저절로 고민을 해결해줄 것이다.

여건이 S보다도 안 좋았던 그녀의 친구가 S보다 앞서 바라는 일을 이루고 소기의 성과를 얻은 것도 먼저 일을 저지르고 보는 행동력 때문이다. 아예 바라지 않는다면 모르되 분명히 원하는 것이 있다면 그것을 얻기 위해 몸을 움직이는 게 우선이다.

섬세하고 신중한 많은 여자들이 비슷한 실력의 남자들보다 가시적인 성과가 적은 이유 중의 하나가 일 저지르는 결단력이 부족하기 때문이다. 그녀들은 생각하고 또 생각하다 지쳐 생각을 포기하고는 결정의 시점이 다가오면 또다시 생각한다. 결정을 내린다 해도 행동을 하기 직전 다시 한 번 망설인다. 무언가 행동을 하기까지 이렇게 많은 에너지를 쏟아 붓다 보면 정작 행동을 개시했을 때 쓸 에너지가 부족하게 된다.

작심삼일이 될 것을 두려워해 결심한 일 실천하기를 망설인다면 평생 '작심'을 못하게 된다. 비록 사흘을 못 갈지언정 자주 작심하고 많이 실천하는 여자들이 성공적인 삶을 살 가능성이 더 높다.

20대는 생각을 조금 덜하고 행동을 많이 해도 되는 시기다. 책임져야 할 일이 적은 20대는 일단 일을 저지르고 보는 것에 실보다는 득이 많다. 아직 보지 못한 미지의 세계, 만나지 못한 근사한 사람들을 접할 기회가 무수히 널려 있는데 언제까지 생각만 하다가 놓쳐버리고 말 것인가? 무언가 일을 치를 때 장황하게 말만 많은 친구들을 보면서 '너무 설쳐댄다' 하고 거부감을 느끼는가? 그래서 당신만은 품위 있는 젊은 여성으로 사색하며 살고 싶은가? 그들에게서 거부감이 느껴지는 건 말만 많고 행동이 그에 따르지 못하기 때문이다. 말하지 말고 조용히 저지르라. 당신의 생각과 행동이 일치한다면 품위를 잃을 일은 결코 없다.

당신의 머릿속에서 떠오른 아이디어들, 결심한 모든 일들을 '내일부터' '다음 주부터' '다음 달부터' '내년부터' 가 아닌 바로 지금부터 실천하라. 행동을 하는 과정은 차분하더라도 시작할 때만큼은 세상에서 가장 성질 급한 여자가 되는 것이 세상을 살아가면서 작은 열매라도 맺을 수 있는 가장 쉬운 방법임을 잊지 말라.

전화 잘하는 여자가 성공한다

여자는 누구나 전화를 잘한다?

대학생 K는 수화기를 한 번 잡으면 한두 시간은 기본일 정도로 전화를 잘한다. 전화를 오래 쓴다고 엄마에게 매일 싫은 소리를 듣고, 핸드폰 요금은 통신사 우수고객으로 대접받을 정도다. 이렇게 전화 통화를 즐기는 그녀이지만 이상하게도 편하지 않은 사람에게 먼저 전화하는 것은 죽기보다 싫어한다.

패밀리레스토랑에 미리 전화 한 통 해보면 됐을 것을 무작정 갔다가 1시간 기다리며 다른 데 갈걸 그랬다고 투덜거리고, 몇 주 전 만날 약속을 한 사람에게 확인 전화를 안 해서 약속이 어긋나버리는 정도는 자주 있는 일이다. 전에는 온라인 쇼핑을 하다 물건에 하자가 있어

환불을 하고 싶었는데 전화를 안 하고 이메일과 문자만 보내다가 한 달이나 속 썩고 나서야 환불을 받기도 했다. 뿐만 아니라 말다툼이 있어 사이가 조금 어색해진 친구와 통화하기가 싫어 전화를 피하다가 아예 사이가 벌어진 적도 있었다.

최근에 있었던 일은 정말 최악이었다. 그녀가 아르바이트를 했던 가게의 사장이 마지막 월급을 통장으로 넣어주기로 했었는데 약속한 날짜가 지났는데도 입금이 확인되지 않는 것이었다. K는 전화하기가 싫어 통장 잔고를 매일 확인해보며 문자만 몇 번 보냈지만 답이 없었다. 애태우다가 한참 만에 그녀가 전화를 했을 때에는 사장과 더 이상 통화가 되지 않았고 그가 경영하던 가게도 정리된 뒤였다.

막상 통화를 하면 생각했던 것만큼 싫은 상황이 벌어지는 것도 아닌데 왜 그렇게 전화를 하기가 싫은지 그녀 자신도 알 수 없는 일이었다.

여자들의 전화 수다는 남자들이 절대 이해 못하는 미스터리 중의 하나다. 적어도 편한 사람과 편한 이야기를 하는 데에서만큼은 여자들 모두가 전화하는 데 프로임이 틀림없다. 그러나 '생활의 도구'라는 전화기 본연의 기능으로 돌아가면 젊은 여자들만큼 전화를 활용하는 데 소극적인 계층도 없는 것 같다. 많은 20대 여성들은 K처럼 낯선 사람에게 전화해서 궁금한 것을 물어보거나 환불해달라는 등의 아쉬운 말을 하는 것을 몹시 싫어한다. 그녀들에게 물어보면 '귀찮아서'

라고 하지만 친구나 애인에게 전화를 하는 걸 보면 해당 사항 없는 이유다.

전화기피증을 극복하면 사는 게 편해진다

그녀들에게 전화 걸기가 싫은 이유는 전화가 편하지 않은 사람에게 먼저 말을 걸어야 하기 때문이다. 길거리에서 낯선 사람에게 먼저 말을 걸기가 쉬운 일이 아니듯 편하지 않은 사람과의 어색한 통화가 떨 듯이 기쁜 사람은 없을 것이다. 그러나 마음이 불편하다고 전화하기를 피할 때 받게 될 스트레스와 불이익을 생각하면 전화를 걸 때의 어색함 정도는 아무것도 아니다.

요즘은 전자우편으로 전화를 대신하는 경우가 많다. 상대방을 방해하지 않고 내용을 전달할 수 있기에 전화보다 덜 무례하게 느껴진다. 하지만 전자우편은 상대적으로 덜 중요하거나 덜 급한 일을 다룰 때 사용하는 수단이다. 상대방이 편지함을 자주 확인하지 않을 수도 있고, 잘 전달되지 않을 수도 있기 때문이다. 게다가 사안이 급하다면 편지를 쓰고 답변을 기다리는 것도 시간낭비고 스트레스일 수 있다. 중요한 부탁이 있을 때에는 전자우편을 사용해서는 안 된다. 당신이 일방적으로 아쉬운 말을 하기가 쉬워서 편지를 쓰지만 마찬가지로 상대방도 당신의 부탁을 거절하거나 무시하기가 더 쉬워진다는 것을 기억해둘 필요가 있다. 대체 그 많은 기업들이 왜 편하고 비용도 들지 않는 전자우편 광고가 있는 시대에 돈 들여 텔레마케터를 고용하는지 생각해보라.

K와 같은 여성도 사회생활의 경험이 쌓이다 보면 저절로 전화하기의 필요성을 절감하게 될 것이다. 그래서 일과 관련된 부분에서만큼은 어쩔 수 없이 전화를 하게 될 것이다. 그러나 사람들과 직접 소통하는 것에 익숙해지고 즐길 줄 알게 되면 전화라는 게 생각보다 효율적인 물건임을 알게 될 것이다. 전자우편 스무 통, 문자 오십 통으로 해결되지 않은 수많은 문제들이 전화 한 통으로 끝나는 경우를 너무나 많이 보아왔다. 전화 잘하는 여자는 전화하는 횟수만큼 날마다 무언가를 더 얻는 셈이다.

지금도 해야 할 어색한 전화를 미루고 있다면 당장 수화기를 들어라. 통화를 끝내고 수화기를 내려놓는 순간, 십 년 묵은 체증이 내려간다는 느낌이 무엇인지 체험하게 될 것이다.

나를 위해
남을 대접하라

Chapter 6

사람들과 우르르 몰려 있는 속에서만 정체성을 찾고
안도감을 느끼는 여자로 살지 말라.
혼자인 시간에 외로움을 느끼다 보면
소중한 20대를 온통 외로움과의 투쟁 속에서 보내야 한다.
혼자 있는 모습이 자연스럽고 아름다운 여자만이
많은 사람 속에서도 제 색깔을 잃지 않고
행복한 시간을 보낼 수 있다는 사실을 잊지 말라.

나를 위해 남을 대접하라

나쁜 여자가 가장 푸대접하는 건 자기 자신이다

L은 전에 조그만 디자인 사무실에 다닐 때 성격이 나쁜 여자 상사 때문에 말 못할 고초를 겪은 적이 있었다. 그 상사는 주변 사람이 조금이라도 비위를 거스르면 위아래를 가리지 않고 언성을 높이며 막말을 하는 사람이었다. 하지만 그 회사 사장의 딸이라 누구도 대놓고 불만을 표시하지 못했다. 자신보다 새까맣게 나이 많은 선배도 어려워하지 않는 그 상사에게 사무실 막내인 L이 '밥'이나 다름없는 것은 당연한 일이었다. 상사는 툭하면 L에게 무얼 사오라는 사적인 심부름을 시키고는 막상 사가면 트집을 잡아 잔소리를 했고, 일을 잘했건 잘못했건 면박을 주었다.

매일 스트레스를 받으면서도 쉽게 사표를 쓰지 못한 것은 그 회사의 급여나 근무 여건이 꽤 좋았기 때문이었다. 그러나 머지않아 끝끝내 사표를 쓸 수밖에 없는 일이 생기고야 말았다. 그 상사가 인터넷 쇼핑몰에서 명품 가방을 사서 택배를 회사로 받았는데, 그게 감쪽같이 없어진 것이었다. 그녀는 사무실에서 명품 가방을 탐낼 사람은 유일한 여자인 L밖에 없다면서 노골적으로 의심을 했다. 나중에는 명품 모조 가방을 들고 다닐 때부터 알아봤다는 둥 하는 심한 말까지 들어야 했다.

그렇게 마음고생을 한 며칠 후, L은 그녀가 잃어버렸다던 명품 가방을 멀쩡히 들고 출근하는 걸 보았다. L이 기가 막혀 물어보았더니 자기 차 트렁크에 넣어두고 깜빡 잊어버렸다고 했다. 며칠 동안 억울함에 밤잠까지 설쳤던 L은 그러고도 사과 한마디 없는 그녀를 더는 한 사무실에서 볼 자신이 없어졌다.

사표를 내고 사무실을 나오면서 L은 사필귀정이니 제 복은 저 하기 나름이라느니 하는 말들이 모두 말짱 거짓이라는 생각을 했다. 그 상사는 남한테 못할 짓 많이 하고도, 부자 아빠를 두고 자기 하고 싶은 일을 마음껏 하면서 활개 치며 살고 있으니 말이다.

L의 여자 상사 이야기를 듣고 나도 모르게 튀어나온 말이 이러했다.
"어리석다! 어떻게 자기 자신을 그렇게 함부로 대하는 여자가 다 있지?"

 그도 그럴 것이 당하는 사람들 입장에서는 일생의 극히 일부분을 괴로움으로 보내는 것이지만, 그녀 자신은 평생 자신이 상대한 그 모든 사람들의 부정적인 감정과 자기 행위의 결과를 껴안고 살아가야 하기 때문이다.

 L의 생각처럼 당장은 그 상사가 남부럽지 않은 삶을 누리고 있는 것처럼 보일 수도 있다. 그러나 사람은 절대로 일방적으로만 행복할 수는 없는 존재다. 주변 사람들을 불행하게 하면서 혼자만 행복할 수는 없다는 이야기다. L의 상사가 아무리 딱딱한 심장을 가졌다고 해도 악마의 친딸이 아닌 이상 타인이 느끼는 불행에 아무런 영향을 받지 않을 수는 없는 일이다. 단언하지만 분명히 그녀는 행복하지 못한 감정으로 살아가고 있을 것이다.

 타인을 괴롭게 하면 그 개수만큼의 불행을 감당해야 하는 게 삶의 방정식이다. 권선징악의 민담 그대로는 아닐지라도 사필귀정의 원리는 2090년에도 유효할 것이다. 그러므로 험한 세상을 어떻게 살아갈까 고민하고 있는 20대 여성들은 안심하고 선하게 살아도 된다. 남을 이용하고 괴롭히면서 사는 이들만큼 어리석은 사람도 없는 셈이다.

받고 싶은 만큼 베풀라

남에게 베풀면 그만큼 자신에게도 돌아온다고 말하면 거부감부터 느끼는 사람들도 있는 것 같다. 남에게 베푸는 것만큼은 순수한 마음으로 해야지 정나미 떨어지게 자신에게 돌아올 것을 미리 생각해서는 안 된다는 것이다. 하지만 우리가 살고 있는 인간 세상은 '오는 게 있으면 가는 게 있는 정리'로 유지되고 있는 사회다. 막연하게라도 내가 베푸는 것이 언젠가 내게 돌아올 거라는 기대가 있기에 머릿속으로 계산기 두드리지 않고도 맘 놓고 베풀 수 있는 것이다.

20대들이 이 부분에서 가장 흔히 범하게 되는 오류는 한 개 주면 한 개 받고, 열 개 주면 열 개 받기를 기대한다는 것이다. 베푸는 대로 받는다는 것은 '기브 앤 테이크(give and take)'의 불문율이 아니다. 제비 다리 고치고 금은보화 든 박씨를 받는 식의 보은은 꿈도 꾸지 말라. 타인에게 도움을 주고 자기 것을 내어주고 함으로써 받는 대가는 세상에 베푼 호의를 간접적으로 돌려받는 것일 뿐, 직접인 것도 즉각적인 것도 아니다. 대가를 너무 의식하다 보면 그러한 간접적인 이득을 놓치게 되기 십상이다. 남에게 베풀 때 대가에 집착하면 그건 베푸는 게 아니라 투자다. 투자를 하려면 남에게 주는 어설픈 형식을 취하지 말고 아예 확실한 곳에 투자하라. 마음 갈 만큼 큰 것은 자신이 간직하고 내가 내어주고 잊어버릴 수 있는 것은 사심 없이 베풀라.

우리가 보통 생각하는 것과는 달리 세상을 향해 뿌린 호의는 공중으로 흩어져 사라지는 것이 아니다. 살 만한 삶을 살기를 바라고, 자기 자신을 사랑하는 영리한 여자들은 그만큼 더 주변 사람들을 향해서, 또 세상을 향해서 베풀며 산다는 사실을 명심하자.

비평은 비평가에게 맡겨라

부정하는 말습관을 버려라

함께 대화를 하다 보면 은근히 기분이 나빠지는 사람들이 있다. 문제는 그 사람들이 겉보기에 무례한 것도, 이야기의 내용이 불쾌한 것도 아닌데 대화가 조금만 길어져도 몹시 피곤하고 그 자리를 벗어나고 싶어진다는 것이다. 알고 보니 그런 이들의 공통점이 잘못된 화법을 쓰고 있다는 것이었다.

사람을 서서히 기분 나쁘게 하는 그들의 잘못된 화법이란 단순히 말재주가 없는 것을 말하는 것이 아니다. 오히려 말을 지나치게 잘하는 사람들인 경우가 많다. 다만 그들에게는 상대방이 말을 할 때 일단 상대방의 말을 부정하는 버릇이 있다. 다음의 대화를 보자.

A : "오늘 날씨 참 덥네요."

B : "오늘도 그렇지만 어제가 더 더웠어요."

A : "이런 날은 냉면이 딱인데!"

B : "냉면은 원래 겨울에 먹는 음식이라잖아요. 여름에 속을 너무 차게 하면 안 좋죠. 그거 말고 뭐 입맛 당기는 거 없을까요?"

A : "그럼 아예 삼계탕은 어때요?"

B : "그치만 이 더위에 그 뜨거운 걸 땀 흘리면서 먹는 건 좀 그렇지 않아요? 그냥 냉채 같은 거 나오는 백반 먹죠."

위 대화에서 B의 말에 특별한 문제가 있어 보이지는 않는다. A가 기분 나빠 할 내용도 아니다. 하지만 이런 식의 대화가 30분만 계속되어도 A는 극도의 피로감에 시달리게 될 것이다. 주의 깊게 이들의 대화를 살펴보면 B는 지극히 일상적인 A의 말에도 일일이 부정을 하고 있는 것을 알 수 있다. 심지어 날씨가 덥다는 A의 말에 내용으로는 동의를 하면서도 그 말을 부정하는 형식으로 말을 하고 있지 않은가. 이런 식의 대화를 하다 보면 A는 자신의 말이 상대방에게 흡수되는 게 아니라 모조리 튕겨져 나오는 것을 느끼게 되므로 대화를 할 때 알게 모르게 답답함을 느끼게 된다. 자신이 상대방에게 존중받지 못한다는 인상을 은연중에 받게 되기도 한다. 게다가 A와 같은 사람과 대화를 하다 보면 동의를 얻기 위해서 무의식중에 상대방이 동의할 만한 말만 생각해내려고 노력하기 때문에 몇 배의 피로를 느끼게 되는 것이다. 이런 사람과의 대화가 즐거울 리 없는 건 당연하다.

우리 중에는 이야기를 할 때 상대방의 말에 선선히 동의를 하면 자신의 존재감에 위협을 느끼는 사람들이 있는 것 같다. 그래서 아무리 사소하더라도 상대방의 말이 아닌 자신의 말이 타당한 결론으로 합의되는 식으로 대화를 이끌어야 마음이 편한 것이다. 만약 여기서 A가 B의 말에 조금이라도 이의를 제기한다면 당장에 '더울 때 먹을 만한 음식으로 무엇이 좋은가'에 대한 장황한 토론 한 판이 벌어질 것이다. 보나마나 그 토론의 승리자는 B다. 하지만 그렇게 해서 B가 얻는 게 대체 무엇인가? 얻는 것은 없고 상대방의 호의만 잃게 된다. 만약 당신의 친구들이 자신이 피곤할 때 당신을 만나고 싶어 하지 않는다면 어쩌면 당신은 이런 종류의 사람일지도 모른다.

수많은 전문가들이 수십 년간 입이 닳도록 이야기해도 실제로 대화에 적용하는 사람은 많지 않은 원칙이 한 가지 있다. 상대방의 말에 일단은 무조건 긍정하라는 것이다. 상대방의 말에 허깨비처럼 무조건 'Yes'만 남발하라는 의미가 아니다. 상대방의 말에 이의를 달더라도 일단은 긍정을 하고 말을 시작하면 상대방도 내 이야기에 귀를 기울여주게 되어 있다.

혹시 자신이 함께 대화하면 상대방을 피곤하고 의기소침하게 만드는 사람이 아닌지 반드시 돌아보기 바란다. 이런 사람은 인간관계에서 언제나 2순위가 되기 쉽다. 가장 기분 좋은 순간, 혹은 가장 괴로운 순간 꼭 함께하고 싶은 사람이 아니라 그냥 '관계를 유지하게 되는' 사람 말이다.

만약 당신이 한 달 동안 공짜로 세계여행을 할 수 있는 티켓에 당첨이 되어 단 한 사람과 동행할 수 있다면 누구를 선택할 것인지를 한번 생각해보라. 그가 바로 당신의 1순위다. 자신과 세계여행을 하고 싶어 하는 사람이 아무도 없다는 것, 타인이 마지못해 상대해주는 사람이 된다는 건 너무나 끔찍한 일 아닌가. 화려한 인맥을 자랑하는 사람은 못 되더라도 소수의 누군가에게 1순위가 된다는 것은 20대에 꼭 해야 할 일이며, 그 시작이 상대방을 포용하는 화법이다.

차라리 악어의 눈물을 흘려라

십수 년 전에 있었던 일이다. 친구 둘과 술자리를 함께한 적이 있었는데 술이 좀 오르자 두 친구 중 한 명이 내게 몹시 상처 되는 말을 했다. 지금 생각해도 그건 친구로서 절대로 해서는 안 되는 말이었다.

다음 날, 멀쩡한 정신으로 친구들을 다시 만났을 때 그 이야기가 나오지 않을 수 없었다. 그런데 그 자리에 있었던 다른 친구 하나도 치부를 건드리는 심한 말을 들었다는데 나는 전혀 기억이 나지 않았다. 희한한 건 그 친구도 내가 상처 되는 말을 들은 것에 대해 전혀 모르고 있었다는 것이다. 그날 밤 함께 이야기를 하고 있었고 그 자리에서 나온 말들이 결코 범상치 않은 내용이었음에도 불구하고 우리는 오로지 각자가 들은 이야기만을 기억하고 있었다. 그것은 그날의 가벼운 술기운만으로는 설명되지 않는 이상한 경험이었다.

사람이 마음에 상처를 받는다는 것은 단순한 일이 아니다. 나와 친구가 경험한 것처럼 다른 모든 것들에 대한 관심과 기억을 차단시킬 정도로 강력한 것이기도 하고, 쉽게 잊혀지지 않는 질긴 것이기도 하다.

우리의 감정뇌는 이성과 지식을 관장하는 부분보다 훨씬 기억력이 좋다고 한다. 그래서 상처로 새겨진 감정은 결코 지워지지 않고 잠복해 있다가 상처를 받았을 때와 비슷한 조건이 주어지면 언제고 재생된다는 것이다. 그 말대로라면 나는 세월이 지나 친구에게서 들었던 말이나 상황을 잊을지는 모르지만 그때 느꼈던 감정만큼은 무덤까지 가져가게 되는 셈이다. 이래도 누군가에게 상처가 되는 말들을 쉽게 내뱉게 될 것 같은가?

그 어떤 상황이라도 남에게 상처가 될 만한 말은 함부로 내뱉는 게 아니다. 만약 당신이 능력 없는 직원을 해고해야 하는 사장이라면 '그 따위로 일하면 평생 어딜 가도 발 못 붙일 거요.' 하고 진실을 말하는 것보다는 '이러는 나도 가슴 아프지만 우리는 아무래도 안 맞는 것 같습니다. 다른 곳에 가서 더 잘 지내길 바랍니다.' 하고 마음에 없는 말을 하는 편이 차라리 낫다. 만약 전자와 같이 심한 말을 한다면 그 직원은 해고했다는 사실보다 그 말 한마디 때문에 당신을 원망으로 기억하게 될 것이다. 차라리 먹잇감 앞에서 눈물을 흘려 위선의 상징으로 여겨지는 악어의 눈물을 흘릴지언정 가슴에 칼날을 그어대는 것은 아니다. 그게 상대방과 세상을 향한 최소한의 예의며 배려다.

덕업을 쌓는 사람이 행복한 삶을 살게 된다는 것과 마찬가지로, 말로써 남의 가슴에 상처를 쌓는 사람들은 불행에 가까운 삶을 살게 되는 것을 흔히 볼 수 있다. 독설의 독은 남의 가슴뿐 아니라 자기 안에도 동시에 쌓이기 때문일 것이다.

우리는 '솔직한 게 좋다.', '충고를 해주는 사람이 진정한 친구다.' 따위의 말에 대한 그릇된 해석으로 가까운 사람들에게 상처를 주고 있지는 않은지 신중히 생각해보아야 한다. 직접적인 비판과 충고는 쉽게 할 수 있는 게 아니다. 상대방에 대해 깊은 관심과 애정을 갖지 않는 한 상대방에게 전달되기도 힘들뿐더러, 전달된다고 해도 영향을 미치기 어렵다. 사람들은 대부분 자신의 단점을 알고 있기 때문에 어떤 계기로 스스로 깨닫기 전에는 결코 단점을 고치려 들지 않기 때문이다. 20대인 당신은 그 어려운 충고를 어설프게 하려 들기보다는 곁에서 지켜보며 격려하고, 스스로의 깨달음을 유도할 수 있는 책이나 선물해주는 게 최선일 것이다.

어느 모로 보나 진실보다는 진심이 낫다는 것을 명심하라.

힘들 때 남에게
의지하려고 하지 말라

사람에게는 누구나 자기만의 인생의 짐이 있다

J는 요즘 사는 게 공허해서 견딜 수 없다. 남자친구와 헤어져서 얼마 안 돼 생활의 균형이 깨져 있는데, 주변에 도무지 위로가 되는 사람이 없다. 부모님과 언니는 기운 빠져 지내는 그녀를 보고 잔소리만 할 뿐 따뜻한 말 한마디 건네지 않고, 친하게 지내던 회사 사람들도 자기 일에만 바쁘다.

무엇보다 가장 섭섭한 건 J가 베스트 프렌드라고 여겼던 고등학교 동창 M이다. 얼마 전에는 그녀가 꼭 보고 싶은 영화가 개봉해 같이 가자고 연락했는데, 남자친구와 약속이 있다며 일언지하에 거절했다.

'슬럼프에 빠진 친구가 영화 한 편 보자고 그렇게 간곡히 부탁하는

데 남자친구와의 약속 한 번쯤 미룰 수도 있지 않나?'

M에게 거절을 당하고 같이 극장에 갈 사람을 생각해보니 마땅히 연락할 사람이 없었다. J는 27년 인생을 헛살았다는 생각이 들었다. 그렇지 않아도 우울한 나날이었는데 자기 곁에는 아무도 없다는 절망감까지 찾아드는 순간이었다.

화장실까지 친구들과 같이 드나드는 우리 여자들은 혼자서는 아무것도 할 수 없는 존재들 같다. 그래서 인생의 어려운 순간에도 누군가 함께할 사람을 자꾸만 찾게 되는 것 같다. 하지만 명심하라. 힘들고 어렵고 외로운 순간 타인에게 의지하려 들면 반드시 상처입게 된다. 사람들에게는 누구나 자기가 지고 가야 할 인생의 짐이 있으며 그들은 자기 몫의 짐밖에는 지지 못한다. 아무리 친한 친구며 혈육이라고 해도 그들이 당신과 꼭 같은 인생 속에서 살고 있다고 생각해서는 안 된다. 당신이 실연의 아픔 속에서 허덕이고 있다고 해도 그들은 나름의 삶을 계속해나갈 수 있으며 또 그래야 한다. 그들이 당신이 슬럼프를 극복하는 데 정말 도움이 될 수 있는 때는 그들에게 아무 기대도 하지 않을 때뿐이다.

힘들 때 곁에 사람이 없는 것은 J가 인생을 잘못 살아서가 아니다. 아마 주변 사람들도 나름대로는 위로를 하려고 애를 썼을 테지만, 마음의 상처로 어리광이 늘어버린 J의 기대를 채워주지 못한 것이라고 보면 맞을 것 같다. 힘들수록 홀로 극복하려고 노력해야 주변의 도움도 효험이 있는 것이다.

어느 누구라도 옆에 항상 누군가가 있을 수는 없으며 그건 결혼을 해도 마찬가지다. 식당에 혼자 가서 밥을 먹느니 차라리 굶기를 택하는 우리나라 젊은 여성들은 삶이 혼자 가는 길이라는 걸 깨닫고 홀로 서기 연습을 해야 할 것 같다.

혼자 밥 먹을 수 있는 여자가 돼라

어느 레스토랑에 갔다가 연세 지긋한 할머니가 혼자 스테이크를 시켜 드시는 것을 본 적이 있다. 자리에 앉자마자 주문을 하신 걸로 보아서 일행이 있는 것 같지는 않았다. 가족이나 연인들이 빼곡히 자리를 메우고 있는 그 식당에서 그 할머니의 존재가 은근히 사람들의 관심을 끈 건 당연한 일이었다. 사람들의 시선에는 아랑곳없이 여유롭고 맛있게 식사를 끝내고 자리를 뜨는 그 할머니가 그렇게 멋있어 보일 수가 없었다.

혼자만의 시간을 근사하게 즐길 줄 아는 사람은 다른 사람과의 시간도 더 즐겁게 보낼 수 있다. 그래서 나는 레스토랑의 그 할머니가 돈만 많은 외로운 노인네가 아니라 가족과도 화목하게 잘 지내는 행복한 노인일 거라고 생각한다. 혼자만의 시간을 잘 즐길 수 있는 사람은 다른 사람들을 더 잘 배려하며, 끈적이지 않고, 더 오래 사랑할 수 있는 사람이다. 그래서 알짜배기 관계로 곁에 남아 있는 사람도 많은 것이다.

하고 싶은 일이 있으면 섭외되지도 않는 사람들에 연연해 실망하지 말고 홀로 거리로 나서라. 때로는 좋아하는 영화를 혼자 보러 가기도 하고 혼자 쇼핑을 즐기기도 하라. 블랜드가 좋은 카페에서 혼자 책을 읽는 시간을 즐기는 것도 좋다. 그렇게 혼자만의 달고 꽉 찬 시간을 보내다가 기대도 안 했던 좋은 사람과 스케줄이 맞아 함께 시간을 보내게 되면 그것도 또한 좋은 일 아니겠는가.

사람들과 우르르 몰려 있는 속에서만 정체성을 찾고 안도감을 느끼는 여자로 살지 말라. 혼자인 시간에 외로움을 느끼다 보면 소중한 20대를 온통 외로움과의 투쟁 속에서 보내야 한다.

혼자 있는 모습이 자연스럽고 아름다운 여자만이 많은 사람 속에서도 제 색깔을 잃지 않고 행복한 시간을 보낼 수 있다는 사실을 잊지 말라.

잘못을 했으면
그의 발가락이라도 핥아라

아무리 빈틈없고 머리 좋은 사람이라도 살다 보면 터무니없는 실수를 하게 되는 때가 있다. 잠깐 비는 시간에 온라인 게임을 하다가 약속 시간에 한 시간이나 늦어 연인과 함께 보기로 한 비싼 뮤지컬 티켓을 날리거나, 중요한 그룹 과제를 새까맣게 잊어 자기가 속한 조가 몽땅 C를 받게 만들어버리거나, 앞당겨진 회의 시간을 전해주지 않아 프레젠테이션을 맡은 선배를 뜻하지 않게 무덤으로 밀어넣게 되는 등의 말도 안 되는 일들이 정말 생기는 게 우리 인생이다.

실수로 다른 사람을 곤경에 빠뜨렸고, 그것이 다시 돌이킬 수 없는 것이라면 당신은 뒷일을 어떤 식으로 처리할지 고민할 필요가 없다.

어떻게 변명을 할지, 누구 핑계를 댈지 시나리오를 짤 필요가 없다는 말이다. 대개 남의 잘못으로 화가 난 사람들을 정말 분통 터지게 하는 것은 잘못 자체가 아니라 잘못을 저지른 당사자의 태도다. 왜 그 수많은 사람들이 사과 한마디를 제대로 하지 못해서 소중한 인간관계를 해치고, 사회생활에 지장을 받고, 긴 불화로 고통을 겪고 하는지 알수 없는 일이다.

자기 분야에서 근사한 삶을 살아내는 여자들은 실수를 적게 하기도 하지만, 실수를 했을 때의 태도가 한결같다는 것을 알 수 있다. 의외로 그녀들은 자신의 사회적 지위, 나이 등에 상관없이 자신의 실수가 분명한 일에는 깊이 머리 숙여 사과할 줄 안다. 사과받는 사람이 미안해질 정도로 정중하고 솔직하다. 그쯤 되면 아무리 화가 나 있던 사람이라도 굳어 있던 마음을 풀게 되어 있다. 때로는 제대로 된 사과 한 번으로 오히려 그 사람에게 더 좋은 인상을 받게 되는 경우도 있다.

우리는 잘못을 하게 되면 자꾸만 변명거리를 찾게 된다. 머리끝까지 화가 나 있을 그 사람을 직접 대면하기 전까지 자신이 잘못을 저지를 수밖에 없었던 불가피한 상황들을 스스로에게 납득시키려고 한다. 그러다 보면 나중에는 정말로 자기는 별로 잘못한 게 없다는 생각이 들기도 한다. 그래서 내 잘못의 피해자에게 사과 대신 변명만 늘어놓게 되는 경우가 생기는 것이다.

제대로 된 사과를 하지 않으면 상대방에게 감정의 앙금을 남겨놓아

인간관계에 금이 가기도 하지만 알게 모르게 나 자신도 자꾸만 상대방의 눈치를 보게 된다. 잘못을 저지른 곳이 일터라면 주눅이 들어 업무도 제대로 못 본다. 잘못한 주제에 화끈하게 사과를 한 것도 아니면서 계속 쩔쩔매며 눈치만 보는 사람이 얼마나 밉고 짜증스러운지 아는 사람은 안다.

실수는 우리가 사람들과 살아가거나 사회생활을 해나가는 데에 있어서 가끔 찾아오는 일종의 위기다. 위기란 언제나 잘만 극복하면 성장의 계기가 되고, 제대로 극복 못 하면 하락의 기점이 되는 게 아니었던가. 실수와 잘못이라는 위기를 성장의 계기로 이끌 수 있는 열쇠는 누가 뭐래도 '사과의 기술'이다. 잘못을 인정하는 것을 자아가 무너지는 것으로 착각하고 있다면 하루라도 빨리 생각을 바꿔야 한다.

당신이 잘못을 저질렀다면 그 순간만큼은 자아를 포기하고 사과를 하라. 필요하다면 상대방의 발가락이라도 핥겠다는 마음으로 온 진심을 다해 사과하라. 그 일이 전적으로 당신의 잘못이 아니라고 해도 당신이 잘못한 부분만큼은 확실히 인정하고 빌어라. 사과의 표시로 작은 선물이라도 한다면 당신은 인간관계뿐 아니라 일에서도 프로인 사람이다.

단, 이런 사과는 아주 드문 실수일 때에만 유효하나. 계속해서 같은 잘못을 저지른다면 사과하는 모습조차 뻔뻔스럽게 보이기 마련이니 말이다. 최선은 남에게 실수를 하지 않는 것이라는 사실을 잊지 말라.

만인의 연인은
누구의 연인도 아니다

인기는 공짜가 아니다

H는 고등학교 동창인 D를 볼 때마다 부러울 뿐이다. 그녀가 보기에 D는 항상 풍성한 인간관계를 누리고 있는 것으로 보인다. 생일이 끼어 있는 일주일 동안은 여기저기서 축하메시지를 받느라 핸드폰이 바쁘고, 이 그룹 저 그룹에서 왁자한 생일파티를 벌여주며, 풀어보기도 벅찰 만큼 많은 선물을 받는다. 하지만 H의 생일은 조용하기 이를 데 없다. 친한 친구 한둘과 저녁을 먹고 집으로 돌아오는 게 전부이고 그녀의 생일을 아는 사람도, 축하해주는 사람도 별로 없다.

나이도 먹을 만큼 먹은 스물여덟 살의 그녀가 생일이 썰렁하다는 이유만으로 투정을 부리는 것이 아니다. 그녀가 생각하는 진짜 문제는 생일뿐만 아니라 평상시에도 그녀의 인간관계가 그렇게 건조하다는 것이다.

'나도 아파 누워 있으면 먹을 거라도 사가지고 병문안 오는 사람이 있고, 핸드폰이 자주 울리고, 일 때문에 사람들에게 도움을 받아야 할 일이 있으면 자원자가 넘치고, 외국에 나가면 내 선물을 챙겨 오는 사람들이 있었으면…' 하는 생각을 하루에도 몇 번씩 한다.

주변이 늘 사람들로 둘러싸여 있는 D를 보면 '나는 왜 이렇게 인기가 없을까?' 하는 생각이 들고, 자신감이 없어진다. 작년 가을 남자친구와 헤어진 뒤 부쩍 외로움을 타다 보니 더 이런 생각에 빠져들게 되었고 이제는 모든 생활이 힘들기만 하다.

주변에 늘 사람이 넘치고 경조사에 챙기는 손길이 많은 이들을 보면 저 사람은 인간관계를 참 잘하는 사람이구나 여기게 되는 게 보통이다. 성격이 자상하거나 적극적이지 못한 사람들은 그렇게 되지 못하는 자신에 대해 열등감을 느끼는 경우가 많은 것 같다. 그래서 그 대안으로 인터넷 홈페이지의 방문자 수에 그처럼 예민하고, 사람들을 끌어 모으기 위해 안간힘을 쓰는 것인지도 모르겠다.

그러나 30대를 넘기고 주변을 다시 둘러보니 겉으로 보기에 사람들과 교류가 잦고 뜸하고만을 가지고 인간관계의 질을 평가한다는 것이 얼마나 편협한 일이었나 하는 생각을 하게 된다.

H에게 아파도 찾아오는 사람이 없고, 텔레마케터가 아니면 핸드폰으로 전화하는 사람이 없고, 일이 생겨도 팔 걷고 도와주려 나서는 사람이 없으며, 생전 선물 사다 주는 사람이 없는 정확한 이유는 그녀가 다른 사람들에게 그렇게 하지 않기 때문이다. 하지만 그렇다고 해서 그녀가 인간관계를 잘못하고 있다는 말이 아니다. H가 원하는 것과 같은 친교의 표현들을 사람들에게 일일이 하고 사느냐 그렇지 않느냐는 사람들 각자의 선택의 몫이다.

내가 20대 초반일 때에는 주변 사람들에게 유형, 무형의 것들을 잘 받는 사람들은 감히 내가 범접할 수 없는 천혜의 매력을 가진 사람들인 줄 알았었다. 그러나 알고 보니 그들은 받는 것만큼 혹은 그 이상으로 다른 사람에게 주는 사람들이었고 그 나름대로 피곤한 삶을 살고 있었다.

H가 부러워하는 D 역시 그다지 친하지 않은 지인의 경조사도 빠짐없이 챙기고 제 주머니 털어 사람들에게 퍼주는 성격인 사람이 틀림없을 것이다. 아마 H더러 D를 그대로 따라 하라고 하면 사흘이 못 가 '차라리 외토리로 살지언정 그렇게는 못하겠다'는 항복 선언이 저절로 나오게 될 것이다.

알고 보면 경조사에 꽃다발이나 화환을 보내는 사람이 있고, 생일에 수많은 사람들이 열렬한 축하를 해주고 하는 것 등은 유대가 강한 단체에 가입해 있거나 이해관계가 분명한 사람들과의 연대가 있지 않은 한 그리 쉽게 일어나는 일은 아니다. 많은 사람들에게 관심을 받는 사람은 어느 누군가의 시각에서는 소모적이라고 보일 수도 있을 만큼 자기 것을 내어주는 사람이다. 누차 말하지만 이 세상에 그 어떤 것도 거저 주어지는 것은 없다.

인기가 많은 것으로 보이는 사람들이 타인들에게서 받는 수많은 것들은 그들의 매력이 대가 없이 벌어들이는 '공짜'가 아니다. 따라서 그다지 인기 없는 당신은 열등감을 느낄 것이 아니라 이제 새로운 선택을 해야 한다. 타인들에게 어느 만큼 나를 내어줄 것인가를 생각한 다음 그 이상 받기를 포기하는 것이다.

인기에 집착하지 말라

팔순을 넘기신 할머님의 이야기를 듣다 보면 동네 노인정에서도 인간관계의 중심을 점하기 위한 알력들이 얼마나 대단한지 알게 된다. 인기란 모든 인간이 무덤에 들어가기 직전까지 열망하는 그 무엇임이 틀림없다. 하물며 인생의 황금기를 살고 있다고 자부하는 20대 여성들에게야 오죽하랴.

이처럼 사람들에게 매력 있는 사람으로 통하고 인기인이 되고 싶은 것이야 인지상정이겠지만 인기의 본질에 대해 좀더 일찍 깨닫고 나면 훨씬 더 자유롭고 신나게 살 수 있게 된다.

소위 인기인이라는 사람들을 좀더 가까이 다가가 들여다보면 화려한 인간관계와는 달리 무척 외롭다는 것을 알게 된다. 언뜻 보기에는 사교적이고 다가가기 쉬운 것처럼 보이지만 사람들을 어느 이상으로는 다가오지 못하게 하는 마음의 장벽이 있고, 때로는 그게 그 사람의 매력이 되기도 한다. 항상 여러 사람에게 둘러싸여 있다는 이야기는 어느 누구에게도 깊이 마음을 주지 않는다는 뜻이기도 하다. 사람들에게는 다른 누군가에게 골몰하고 있는 사람에게는 쉽게 접근하지 못하는 심리가 있기 때문이다. 만인의 연인은 누구의 연인도 아니라는 말은 연예인에게만 통하는 것이 아닌 것이다.

20대는 화려한 인간관계로 인기인의 반열에 오르는 것을 목표로 삼을 때가 아니다. 당신이 노래방에서 마이크를 잡았을 때 귀 기울이는 사람이 없어도, 홈페이지 방명록에 파리를 날려도, 울리지 않는 핸드폰이 종일 시계 노릇밖에 못한다 하더라도 괜찮다. 남자친구와 헤어져 새벽 한 시에 불러냈을 때 군말 없이 단걸음에 뛰어나와 줄 친구를 한 명 이상 두었다면 당신의 인간관계는 성공이다.

일을 할 때 넓은 인간관계가 필요한 건 사실이지만, 실력과 상대에 대한 호의가 있기만 하다면 필요한 만큼의 인간관계는 저절로 확보되게 마련이다. 실속 없이 아는 사람만 많은 사람들이 실제 일을 할 때 그 인맥의 도움을 제대로 못 받는 경우를 수없이 보아왔다.

인기에 집착하지 말고 당신의 삶을 즐기고 거기에 몰두하라. 기회

가 닿는 대로 타인에게 호의를 베풀고 소중한 사람들에게 후회 없이
대한다면 그걸로 족하다.

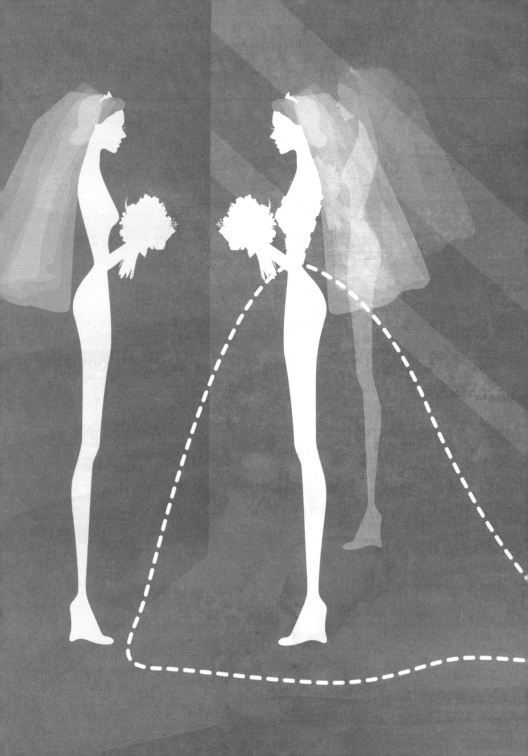

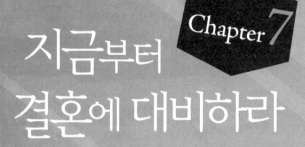

Chapter 7

지금부터
결혼에 대비하라

결혼에도 준비와 설계가 필요하다.
그리고 그것은 연인에게서 프러포즈를 받는 순간부터 시작되는 것이 아니다.
오랜 시간에 걸쳐 성향을 갈고닦아 '결혼해서 잘 살 만한 사람'이 되어야
좋은 결혼을 하고 결혼해서 잘 살 확률이 높아진다.
결혼하고 나서부터 노력해서 '결혼해서 잘 살 만한 사람'이 될 수도 있지만
그것은 너무나 힘들뿐더러 성공 확률도 훨씬 낮다.

혼자서 잘 살 자신 없으면
결혼도 하지 말라

결혼으로 팔자 고치기는 아무나 하나

20대 초반의 여자들은 여자의 삶에 대한 이야기를 하다가 결혼 이야기가 나오면 눈에 쌍심지부터 켠다. 도대체 여자의 인생에서 결혼을 빼면 말할 게 없느냐는 것이다. 사실을 말하면 여자뿐 아니라 사람이 살아간다는 것에서 일, 건강, 결혼 말고는 별다른 게 없다. 사람이 하게 되는 그 복잡한 고민들도 따지고 보면 그 세 가지 화두에 대한 잔가지들이다. 30대 이상의 '생활인'들이 이 문제들을 떠나 순수하게 존재론적 고민을 하는 것을 나는 아직까지 본 적이 없다. 현실이 이럴진대 어떻게 20대의 인생을 논하면서 3대 화두 중 하나인 결혼을 이야기하지 않고 넘어갈 것인가. 결혼을 하지 않고 산다고 해도 그 자체가 결혼에 대한 또 다른 선택이므로 어떤 방식으로든 결혼 문제에 얽히지 않고 사는 사람은 없다. 결혼은 당신이 생각하는 것보다 훨씬 중요한 것이며, 결혼을 잘해야겠다고 생각하는 것은 결코 죄의식을 느낄 만한 일이 아니다.

그녀들이 왜 그렇게 결혼에 대해 예민한지 나는 잘 알고 있다. 스무 살의 나는 결혼이란 것이 여성에게는 일종의 사회적 죽음이라고 생각했다. 아무리 조건 좋은 남자를 만나 결혼을 한다고 해도 가정이라는 울타리에 갇히는 신세가 되어 자아가 소멸되면 인생 자체가 무의미해지는 것이라고 굳게 믿었다. 꿈이 많았던 나는 평범하게 사느니 차라리 죽는 게 낫다는 위험한 생각을 매일 하며 살았다. 그래서 결혼은 피할 수 없다면 되도록 늦게 하고, 아예 하지 않아도 좋다고 생각했다. 일하는 여자로서 세상을 누빌 준비를 하기 위해 할 일이 너무나 많았고 결혼에 대해서 생각할 시간은 없었다. 그러다가 '어느 날 갑자기' 결혼을 하게 되었고 나는 준비되지 않은 결혼에 대한 대가를 톡톡히 치르게 되었다. 한 삼 년 혼쭐나고서야 정신을 차리고 내 삶을 '결혼 모드'로 전환할 수 있었다.

결혼에도 준비와 설계가 필요하다. 그리고 그것은 연인에게서 프러포즈를 받는 순간부터 시작되는 것이 아니다. 오랜 시간에 걸쳐 성향을 갈고닦아 '결혼해서 잘 살 만한 사람'이 되어야 좋은 결혼을 하고 결혼해서 잘 살 확률이 높아진다. 결혼하고 나서부터 노력해서 '결혼해서 잘 살 만한 사람'이 될 수도 있지만 그것은 너무나 힘들뿐더러 성공 확률도 훨씬 낮다.

대개 20대 여성들의 결혼에 대한 착각은 두 가지로 나누어진다. 능력 있는 남자와 결혼하기만 하면 무조건 인생이 편안해진다고 생각하는 것, 그 반대로 남자와는 상관없이 나만 자신감 있고 상대방에 충실하면 된다는 것이 그것이다. 하지만 그 어느 것도 사실이 아니다.

결혼은 대단한 인생의 전환점이며 그것을 기점으로 획기적인 변화를 기대할 수 있다. 그래서 '여자 팔자는 뒤웅박 팔자'라는 말도 나온 것 아니겠는가. 그러나 그 변화를 잘 소화해 긍정적인 것으로 만들기 위해서는 자격과 능력이 필요하다. 결혼으로 팔자 고치는 것도 아무나 하는 게 아닌 것이다.

먼저 홀로서기를 하라

집안에 일이 생겨 다툼이 일어나면 남편들이 전업주부인 아내에게 가장 먼저 하는 말이 '돈 버는 것도 아니면서 대체 집에서 뭐 하는 거야?'라는 말이라고 한다. 충격적인 것은 그렇게 말하는 이들이 결코 옛날식 가부장적 남편들이 아니라는 것이다. 애정과 신뢰로 맺어진 '세련된 요즘 부부'도 약속된 역할을 제대로 해내지 못한다고 평가될 땐 가차 없는 것이다.

사람들은 대개 성공적으로 일을 하는 여자들은 결혼 생활에는 관심도 재능도 없을 거라고 생각한다. 그러나 결혼생활과 사회생활에는 의외로 공통점이 많다. 결혼이라는 것도 따지고 보면 새로운 조직에의 적응 과정이며, 끊임없이 타인과 대화와 협상을 해나가야 하고 경영전략도 필요하다. 싫어도 상사의 지시에 따라야 할 때도 있고, 기본적인 역할은 제대로 수행해주어야 조직원으로서 인정도 받는다.

결혼의 이러한 특성 때문인지 사회생활을 잘하는 여자들이 대부분 결혼생활도 잘 해낸다. 또 일찍 결혼한 여자들에 비해 사회 경험이 풍부한 30대 여자들이 보다 수월하게 결혼 생활에 적응하기도 한다. 이른 결혼을 한 여자가 결혼생활을 잘하려면 조금 더 많은 행운이 필요하다.

혼자 험한 세상을 살아갈 능력이 없어서, 혹은 외로워서 결혼을 하려는 여자들이 있다면 하루 속히 그 위험한 생각을 접어야 한다. 사회에서 살아남지 못하는 여자는 가정에서도 입지를 굳히지 못하고 허드레꾼 대접을 받을 가능성이 크고, 외로움의 허기를 채우려고 결혼하는 사람들은 더 큰 외로움을 느끼게 되는 경우가 많다. 모든 사람들이 입을 모아 '결혼은 현실'이라고 말하는 이유가 이 때문이다. 결혼은 혹자의 표현처럼 반쪽짜리 동그라미가 만나 서로를 채워주며 하나의 원이 되는 것이 아니다. 세상에 존재하는 수십억 개의 동그라미 파편 중 그렇게 아귀가 잘 들어맞는 반쪽을 만나는 것은 불가능에 가깝다.

결혼은 두 개의 반원이 서로 등을 기대 의지해 서로가 넘어지지 않게 하고 각자가 자신의 부족한 부분을 채워가는 것이다. 그렇게 두 개의 원이 완성되어 함께 굴러가는 것이 부부다.

주변의 압력과 상황이 결혼을 가리키고 있다고 해도 스스로 한 개의 원으로 완성될 자신이 없으면 결혼을 미루어야 한다. 세상에 부딪히고 사람에게 실망도 해보고 새로운 상황에 대처할 자신감을 얻은 뒤에 등 떠밀리기가 아닌 스스로의 선택으로 결혼을 해야 한다. 결혼을 해서 더 잘 사는 사람과 결혼 후 더 힘들게 살며 싱글 시절만 그리워하는 여자의 차이는 운명의 여신의 편애에서 나오는 게 아니라 자질의 차이에서 나오는 것이다.

결혼을 해서 잘 살 만한 사람이 되라는 것은 단순히 신부 수업을 하라는 말이 아니다. 결혼해서 잘 살 자질은 인생을 잘 살아내는 자질과도 관계가 있다. 근사한 결혼을 꿈꾸기 전에 먼저 혼자서도 잘 살 수 있는 여자가 되자. 혼수보다 자신을 먼저 준비하라.

당신에게 매혹되지 않은 남자에겐 마음을 주지 말라

여자는 사랑에 젖어들고, 남자는 사랑에 빠진다

세상에는 수많은 사람들이 있고 그만큼의 연애의 방식들이 존재한다. 그 방식들에는 또 나름의 타당성이 있기 마련이다. 그러므로 20대 여성들의 연애에 일일이 토를 달 생각은 없다. 그러나 단 한 가지, 수많은 여자들을 불행에 빠지게 하는 너무나 분명한 착각만큼은 짚고 넘어가야겠다. 바로 남자들이 여자들과 똑같은 방식으로 사랑을 한다고 믿는 것이다.

기본적으로 남자들은 사랑을 하게 되면 상대방에게 전적으로 빠져들게 되는 것 같다. 아무리 소심한 성격의 남자라도 사랑에 빠졌을 때만큼은 적극적이고, 상대방을 기쁘게 하기 위해서라면 물불을 가리지 않는다. 적어도 그러는 척할 마음가짐이라도 단단하다. 그리고 일단 사랑에 빠져들면 웬만해선 그 사랑을 의심하지 않는다. 하지만 그런 남자들은 도무지 여자들처럼 '젖어드는' 사랑을 할 줄은 모른다. 여자들은 처음부터 사랑에 푹 빠져들지 못하고 끊임없이 관계를 검열하지만 상대방이 계속해서 헌신적인 사랑을 보여주면 조금씩 사랑에 젖어든다.

그러나 남자들은 처음부터 푹 빠뜨리지 않으면 좀처럼 사랑에 젖어들지 않는다. 여자들은 도끼로 열 번 찍으면 넘어가지만 남자는 백 번을 찍어도 넘어가지 않을뿐더러 넘어가더라도 순순히 땔감이 되어주지 않는다. 자신을 그다지 좋아하지 않는 남자와 사귀어서 자존감에 돌이킬 수 없는 상처를 입은 여자들을 얼마나 많이 보아왔는지 모른다.

젊은 시절에는 연애도 많이 하고 때론 아픔도 겪어야 한다고 생각하는 쪽이지만 이런 종류의 연애만큼은 권하고 싶지 않다. 소모적이기만 할 뿐 교훈이 없기 때문이다. 아낌없이 줌으로써 더 채워지는 사랑을 할 수 있다는 말은 여자가 온전히 젖어들고, 남자가 온전히 빠져들었을 때에나 유효하다. 게다가 무조건 주기만 하는 연애에 익숙해져버린 여자들이 자꾸만 푸대접을 견뎌야 하는 쪽으로만 인생길이 풀리는 것을 자주 보게 된다.

요즘 유행하는 연애 지침대로 먼저 말 거는 남자가 아니면 처다보지도 말라는 것까지는 아니지만 최소한 당신이 먼저 유혹했으나 나중엔 그가 더 빠져드는 상황까지는 만들어놓아야 한다.

상대방이 당신에게 빠져들었는지를 아는 방법은 간단하다. 상대방이 당신을 소홀하게 대하는 것이 느껴지면 그 남자는 사랑에 푹 빠져 있지 않은 것이다. 회사일이 바쁘다고 만나주지 않는다든지, 전화 통화가 안 될 때가 많다든지, 당신이 아프다는데도 대처하는 자세가 영 밍밍하다든지, 만날 때마다 긴 시간 당신을 기다리게 한다든지 하는 일들이 개선의 여지 없이 반복된다면 그 사람과 당장 헤어져라. 그가 개인의 상황과 성격 차이를 변명으로 들이밀더라도 속지 말라. 남자에게 있어서 사랑을 아예 못하게 하는 상황과 성격이라면 몰라도 사랑하는 여자를 소홀히 하게 만드는 상황과 성격이라는 건 없다.

당신에게 매료된 사람과 결혼하라

T는 학창시절부터 지성과 미모를 겸비했다는 말을 수없이 들어왔다. 그도 그럴 것이 그녀는 평균을 훨씬 웃도는 매력적인 외양에 다정다감한 성격, 국내 최고 학부 재학생이라는 블랙 라벨까지 단 특등 인간이었다. 그런 그녀에게 눈독을 들이는 남학생이 주변에 들끓었음은 말할 나위도 없다. 그러나 그녀는 자신의 주변을 배회하는 평범한 남자들에게는 관심이 없었다. 단 한 사람, 모두가 여신처럼 보는 자신에

게 무심한 Y만이 그녀의 마음을 사로잡았다.

Y는 분위기와 성품이 참으로 독특한 남자였다. 대화에 늘 철학을 끌어들이는 깊이 있고 진지한 사람이었고, 클래식에도 조예가 깊었다. 생김새도 깨끗하고 날카로워 젊은 여자들의 가슴을 설레게 할 만했다. 어느 날부터인가 여자 후배들이 Y에게 아양을 떠는 것을 더 이상 두고 볼 수 없다고 생각한 T는 자신의 숭배자들을 모두 버려두고 Y를 차지해야겠다고 결심했다. 오랜 노력 끝에 Y는 그녀의 연인이 되었고, 졸업 후에는 결혼까지 가는 데에도 성공했다. 그러나 문제는 그 다음부터였다.

연애 시절에도 그리 다감한 애인은 못 되었던 Y는 결혼 후에도 역시 아내를 소중히 대해주지 않았다. 같이 직장생활을 하면서도 가사를 돕지 않는 것은 기본이었고, 생일이나 결혼기념일 같은 것을 챙기는 일에도 무심했다. 게다가 툭하면 일류대 출신 아들 운운하며 시집살이를 시키는 시어머니와의 사이에서도 중재자나 방패막이 역할을 전혀 하려 들지 않았다. T가 견디다 못해 불만을 터뜨리면 늘 '네가 좋아서 한 결혼이니 네가 알아서 하라' 는 식의 태도를 보일 뿐이었다. 무엇보다 참기 힘든 건 남편에게 책임감이 전혀 없다는 것이었다. Y는 툭하면 다니던 회사에 사표를 던지고 와 그녀가 벌어다 주는 돈을 쓰고 살았다. 결혼 생활의 절반을 백수로 지내던 Y는 최근에는 고시를 준비할 거라며 아예 들어앉았다. 그는 아내가 자신 때문에 겪게 될 고단함에 대해서는 조금의 관심조차 없었다.

결혼생활에서 행복의 여지를 찾지 못하고 고통을 견디던 T는 끝내 이혼을 했다. 지금 T는 그 후유증으로 정신과 치료를 받으며 쉬고 있지만 선택에 대한 후회와 자괴감으로 만신창이가 된 몸과 마음은 회복될 기미가 보이지 않는다.

결혼식 전날, 많은 여자들은 누구나 불안하고 초조해한다. 그러나 그것은 새로운 인생을 시작한다는 설렘보다는 '과연 내가 이 결혼을 잘하는 것일까, 혹시 더 늦기 전에 지금이라도 접어야 하는 것이 아닐까?' 하는 갈등에 가깝다. 그러나 막상 결혼을 하고 나면 언제 그랬냐는 듯이 의심과 불안이 사라진다.

그러나 남자들은 다르다. 결혼을 앞둔 남자들에게 심정을 물어보면 아주 신이 났다는 것을 알 수 있다. 그들은 사랑하는 여자와 곧 완벽한 하나가 된다는 사실 때문에 뛸 듯이 기뻐한다. 결코 자신의 선택에 의심의 눈초리를 보내며 불안해하지 않는다. 만약 남자가 결혼 전날까지도 여자들처럼 마음속에 갈등을 느끼고 있다면 그 부부의 결혼생활은 순탄치 않을 가능성이 매우 높다.

남녀를 불문하고 상대방에 대한 확신 없이 결혼한다는 것은 있을 수 없는 일이다. 그러나 여자는 대부분 80~90%의 확신만을 가지고 결혼하고, 남자는 100%의 확신을 가지고 결혼한다. 남자들은 여자들보다 생각하는 것을 더 싫어해서 자신이 일단 결정을 내린 일에 대해서는 의심을 품지 않는다. 그런 남자들이 자신이 손해 보는 결혼을 한다는 생각을 갖고 결혼을 했다면 일은 심각한 것이다. 실제로 상대방의 마음을 온전히 사로잡지 못한 채 결혼을 한 T와 같은 여자들이 얼마나 힘든 결혼생활을 하고 있는지 알게 되면 깜짝 놀랄 것이다.

전편에서도 이야기했지만 아직까지 한국에서의 결혼은 여자에게 절대 불리한 제도다. 아무리 핵가족화가 되었다고 해도 결국 결혼은 여자가 남자의 가족에 편입되는 것이다. 그것은 사회 초년생이 신입사원으로서 회사에 적응하는 것보다 훨씬 더 어려운 일인데, 남편이라는 존재만이 그 혹독한 통과의례를 감당할 유일한 동기가 된다. 그런데 그런 남편이 아내를 지원해줄 의지를 별로 보이지 않는다면 결혼생활이 뿌리부터 흔들릴 것은 당연한 일인 것이다.

또 희한하게도 남자들은 자신이 전적으로 사랑해서 한 것이 아니면 도무지 그 결혼에 성실할 줄을 모른다. 여자들은 자신이 반해서 결혼한 남자가 아니라고 해도 일단 결혼을 하면 남편을 아끼고 소중히 여기려 한다. 그런데 남자들은 자신을 결혼으로 이끈 여자를 주저 없이 힘들게 하고 죄책감도 느끼지 않는다. 왜 자신을 더 좋아하는 여자와 결혼한 남자들이 약속이나 한 듯이 나쁜 남편이 되는지는 모르겠다. 그건 남자와 여자를 다르게 창조한 조물주에게 물어볼 일이다.

어쨌든 여자들이 80~90%의 마음으로도 가능한 그 모든 일들이 그들에게는 100%가 아니면 불가능하다는 것만은 분명해 보인다. 여자가 먼저 다가가서 맺어진 커플이 잘 산다면 시작이야 어쨌건 현재만큼은 남자의 마음이 100%로 채워진 것이 틀림없다. 그래서인지 행복한 커플에게 누가 서로를 더 사랑하는 것 같냐고 물어보면 남자 쪽은 언제나 '내가 그녀를 더 사랑하는 것 같다.'고 대답한다. 구식이고 진부하지만 '여자는 자신을 사랑하는 남자와 결혼해야 한다.'는 말이 나온 이유가 있는 것이다.

세상의 수많은 연애 전문가들과 페미니스트들이 자신이 사랑하는 사람과 결혼을 해야 한다고 부르짖어도 명분이 아닌 당신 자신의 행복을 원한다면, 그리고 좋은 팔자로 잘 살 수 있는 확률을 높이고 싶다면 당신이 100% 사로잡지 못한 남자와는 결혼을 고려하지 말라.

나쁜 남자와 결혼하라

E는 항상 남편이 좋은 사람이라고만 생각했었다. 어디에서나 궂은 일을 도맡아 하며 남 돕기를 좋아하는 선한 모습에 반해 그의 프러포즈를 받아들일 때만 해도 같은 이유 때문에 이렇게 힘들어지리라고는 생각하지 못했었다.

어딜 가나 사람 좋다는 소리를 듣는 남편은 도무지 거절이라는 것을 모른다. 안면 있는 사람이 외판원으로 나서서 권하는 물건은 모두 사들이고, 남들이 곤란한 부탁을 해도 다 들어준다. 남편이 친구와 친척들에게 빌려준 돈을 모두 돌려받을 수만 있어도 지금쯤 내 집 장만을 할 수 있었을 거란 생각을 하면 속이 상한다. 남편은 회사에서도 부하직원들에게 맡겨도 될 일까지 모두 자기가 해버리는 스타일이라 효율이 떨어지고 힘만 드는 것 같다.

그녀는 착한 남자의 아내로 사는 것이 피곤할 때가 많다. 회식이 늦어지면 언제나 집이 먼 동료들을 집으로 데려와 재우고는 아침까지 먹이고, 시부모님께 무리하게 많은 용돈을 드리는 남편은 늘 좋은 사람, 효자라는 칭찬을 듣지만 손님 뒤치다꺼리하고 모자란 생활비에 허덕이는 건 늘 E이니 말이다. 또 때로는 다른 사람과 다툼이 있을 때 '당신이 잘못했다'고 몰아세우지만 말고 남편이 내 편이 되어 주면 좋겠다는 생각도 하게 된다.

그녀도 물론 남편이 특별히 나쁜 가장이 아니라는 건 알고 있다. 그렇지만 남편과 사는 게 행복하지 않다.

30대 여자들 사이에서는 남편감을 품평할 때 '사람은 착해.' 하고 말하는 것이 악담이다. 소위 '착하다'는 남자들이 결코 아내에게도 착한 사람은 아니라는 것을 경험상 잘 알고 있기 때문이다. 그러나 많은 20대 여자들은 착한 남자를 좋아한다. 근사한 남자가 착하기까지 하면 금상첨화겠지만 다른 부분이 좀 부족하더라도 착하면 교제를 할 수도 있다고 생각한다. 하지만 정말 착한 남자가 좋은 남자일까?

먼저 착하다는 말을 듣는 사람의 특징을 잘 생각해보자. 착한 사람들은 대체로 남이 부탁을 하면 거절을 잘 못하고 자기 의견을 내세우는 법이 없다. 가족이나 친구 관계에 집착하며 어느 누구에게도 싫은 소리를 듣고 싶어 하지 않는다. 인심을 잃느니 차라리 손해를 보는 게 낫다고 생각한다. 또 해결해야 할 일에 독하다 싶게 매달리지 않고 매사에 나른한 태도를 보이기도 한다.

착한 사람은 연애를 하기에는 그리 나쁘지 않을 수도 있다. 하지만 결혼 상대로는 적합하지 않다. 남에게 나쁜 사람으로 보이기 싫어하는 남자는 자기가 사랑하는 사람에게만 충실할 수 없으며, 아내에게 무거운 일상의 짐을 지게 하는 경우가 많다. 다른 사람들에게 '저렇게 착한 사람 아내는 얼마나 좋을까?' 하는 말을 듣는 사람의 아내치고 정말 잘 사는 여자들은 드물다.

결혼하기에 좋은 남자는 '인간에 대한 예의'를 알고, 상식선에서 호의를 행할 줄 아는 '적당히 나쁜 남자'다. 남과 나, 내 가족과 남이라는 선을 긋고 그 선을 침범하는 타인은 정중하게 거절할 줄도 알고, 자신을 호구로 보고 덤비는 영악한 사람들을 범처럼 내칠 줄도 알며, 세상 그 무엇보다 내 여자가 우선인 이기적인 모습도 있는 남자가 최고의 남편감이다. 이런 사람들은 사회에서 사람 좋다는 소리는 못 들을지 몰라도 결코 '사람 못쓰겠네.'라는 말을 듣는 법도 없다. 성격은 근히 까칠하다 싶었던 지인이 결혼 10년이 넘은 아내를 보물처럼 다루던 모습을 처음 보고 충격을 받은 적이 있었다. 타인의 평판에 그다지 관심이 없는 그가 애정을 집중하고 있는 그의 아내는 행복해 보였다.

당신이 결혼을 염두에 두고 있다면 너무 착한 남자에게 빠져들지 말라. 적당히 독한 남자, 적당히 나쁜 남자가 자기 여자에게는 정말 좋은 사람이 되기가 쉽다.

이런 남자만은 피하라

많은 여자들이 남자를 잘못 만나 고통을 받는다. 정말 알 수가 없는 건 그러한 여자들의 대부분이 항상 같은 유형의 남자를 만나고 상처 입기를 반복한다는 것이다. 이런 여자들에게 괜찮은 남자를 만나보라고 주변에서 충고를 하면 자신도 연애 경험이 많아서 남자를 잘 안다는 대답만 돌아오는 경우가 많다. 그러나 모든 경험은 잘못된 것을 고쳐서 점점 더 나아질 때에만 가치가 있는 것이다. 매번 시행착오만을 하는 연애박사들의 말에 귀 기울이지 말라. 사랑에 쉽게 빠지는 그녀들은 결국은 마음이 움직이는 대로 하라는 식의 말을 포장해서 들려줄 뿐이다.

일종의 관계 중독에 빠진 여자들을 환기시키기 위해서, 또 여자를 불행하게 만드는 남자를 만날 위험에 늘 노출되어 있는 여자들에게 최소한의 안전장치를 마련해주기 위해서 분명히 피해야 할 남자들의 블랙리스트를 작성해보았다.

우유부단한 남자

나는 자기 여자를 불행하게 할 자질이 가장 높은 남자가 이런 유형이라고 본다. 노골적인 바람둥이나 성격장애자 같은 사람들이야 그 기질이 탄로 나는 즉시 경계 대상이 되므로 벗어나기도 크게 어렵지 않다. 그러나 우유부단한 성격은 선량한 기질과 혼동되기 쉬워 웬만해서는 벗어나기가 힘들다. 이런 남자들과 연애를 하는 수많은 여자들이 지금도 쉽게 끝내지 못하고 나날이 마음의 상처를 키워가고 있을 것이다.

우유부단한 남자는 여자를 죽도록 힘들게 하면서도 모든 잘못은 여자에게 있는 것 같은 상황을 만들어내기 일쑤다. 매사 흐리멍덩한 가운데 자신의 여자가 상처를 받도록 방치하기도 하고, 어찌어찌하다가 해서는 안 될 일도 구렁이 담 넘어가듯 해버리는 이들이 바로 이런 남자들이다. 여자 만나기를 즐기는 프로 바람둥이가 아닌 아마추어 바람둥이가 백이면 백 모두 우유부단한 남자들인 것도 결코 우연이 아닌 것이다. 문제는 이런 남자들이 '처음부터 그 모든 상황들이 의도한 바가 아니었다.'는 이유로 너무나 쉽게 용서를 받게 된다는 것이다.

사람과 이야기할 때 눈을 잘 맞추지 못하고 쉽게 상황에 흔들리는 우유부단한 남자를 경계하라. 그들은 한 번 발 디디면 도무지 빠져나올 수 없는 늪이다.

왕년에만 잘나갔던 남자

20대 초반에는 흔했다가 30대가 가까워올수록 점점 사라지는 남자가 '왕년에 잘나갔던' 남자다. 대학시절 '서울대 갈 뻔했던' 사람들을 이상할 정도로 많이 마주쳤던 건 지금 생각하면 그 나이 특유의 덜 익은 자부심 때문이었던 것 같다. 세상 경험이 적은 20대 초반에는 누구나 그럴 수 있다. 그 시절이라면 귀엽게 봐줄 수도 있는 일이다.

하지만 나이도 먹을 만큼 먹은 남자가 아직도 왕년 타령이라면 문제는 심각하다. 항상 '잘나갔던 과거'를 들먹이는 남자는 현재가 별 볼일 없음이 틀림없다. 그러나 더 심한 건 미래에도 별 볼일 없을 가능성이 너무나 크다는 것이다. 자신감이 없고 현실을 똑바로 바라볼 의지가 없는 사람들, 자아에 거품이 가득한 남자들이 자꾸만 화려했던 과거를 들먹인다. 이런 남자와 함께하는 미래가 밝을 리 만무하다.

만에 하나 이런 남자의 '잘나갔던 왕년'에 혹해서 그를 다시 보게 되는 독자가 있다면 빨리 정신을 차리기 바란다. 그가 이야기하고 있는 과거의 높이와 정확히 같은 깊이로 그의 현재는 추락해 있는 것일 테니 말이다.

당신에게 무관심한 남자

분명히 연인 사이임에도 불구하고 당신의 일상과 생각 등에 관심이 없는 남자라면 둘 중 하나다. 당신에게 별 관심이 없거나, 아니면 사람 자체에 관심이 없거나. 어느 경우이건 간에 당신은 그의 곁을 속히 떠나야 한다. 의외로 매력적인 남자 중에는 이런 사람들이 많다. 그리고 그 주변에는 여자들이 끊이지 않는다.

관심은 애정의 기본이다. 당신이 지금 어떤 기분으로 어떻게 사는지 알려고 들지 않는 남자라면 애정이 없는 것이다. 그가 말하는 무관심의 이유가 지구의 멸망과 관련된 것일지라도 당신에게 관심을 갖지 않는다면 그는 당신을 사랑하지 않는 것이다. 이런 남자와 함께하는 인생은 무조건 불행하다. 그가 사람에 관심을 두지 않는 사람이라면 사회생활에 실패할 가능성이 높기까지 하다.

복잡한 남자

남자는 20대 여자인 당신이 생각하는 것보다 훨씬 단순한 존재다. 사실 남자와의 의사소통이 틀어지는 것은 그의 태도를 너무 복잡하게 해석해서인 경우가 많다. 아무리 생각이 많고 신중한 남자라고 해도 그의 일상생활과 생각은 단순하기 짝이 없다. 그러므로 당신 앞의 남자가 굉장히 복잡해 보인다면 그에게 뭔가 문제가 있는 것이다. 정서적으로 문제가 있는 것일 수도 있고, 당신을 속이고 있는 것일 수도 있다.

도무지 본성이 파악되지 않는 이런 남자는 여자들의 호기심을 자극하고, 신비한 매력을 풍기기도 한다. 어떤 때에는 당장 헤어져야겠다는 생각이 들 정도로 상식 밖의 행동을 하는가 하면, 꿈을 꾸는 것 같이 달콤하게 대해주기도 한다. 이런 남자와 함께하게 되면 하루에도 몇 번씩 천국과 지옥을 오가게 된다. 롤러코스터를 타는 듯한 연애를 즐긴다면 이런 남자와의 교제도 나쁘지는 않지만 결혼만은 심각하게 재고해보기 바란다. 많은 사람들이 결혼을 하는 중요한 이유인 안정감을 이런 남자들을 통해서는 결코 얻을 수 없으니 말이다.

중독자

분명히 무언가에 몰두하는 사람은 아름답다. 그러나 그 몰두가 중독의 양상을 띤다면 이야기가 달라진다. 주말마다 가족이나 연인을 버려두고 낚시터에 뿌리를 내리는 남자, 새벽까지 온라인 게임에 빠져 일상생활에 지장을 받는 남자, 스포츠카를 사고 튜닝하는 데 전 재산을 쏟아 붓는 남자 등은 위험하다. 중독 여부를 진단하는 것은 간단하다. 그가 몰두하고 있는 대상 때문에 당신을 힘들고 외롭게 한다면 그건 중독이다.

여자들은 대개 남자의 중독을 우습게 본다. 그 정도의 사생활은 존중해주는 것이 당연하다고 생각한다. 그러나 마약과 마찬가지로 모든 중독은 거의 평생의 싸움이다. 일단 중독에 빠진 사람은 한 가지 중독에서 벗어나더라도 금세 몰두할 대상을 또 찾게 되고 웬만해서는 사람에게 성실하지 못한다.

당신 곁에 있는 남자가 중독자임이 확실하다면, 그리고 그의 편이 되어 평생을 같이 중독과 싸워주겠다는 각오를 할 정도로 사랑할 자신이 없다면 서서히 떠날 준비를 하라. 사랑은 언제나 모든 걸 극복할 수 있는 무기이지만 대부분의 사람들은 장애물을 극복할 때까지 그 무기를 지켜내지 못한다.

결혼으로
해결되는 문제란 없다

사람은 변하지 않는다

L은 1년 동안 사귄 남자친구에게서 프러포즈를 받았다. 그녀는 결혼을 한다면 이 사람과 할 거라는 생각을 하고 있었기 때문에 흔쾌히 그의 청혼을 받아들였다. 그런데 결혼을 얼마 앞두고 L은 남자친구에게 의외의 문제가 있다는 것을 알게 되었다. 그에게 낭비벽이 있었던 것이다. 처음에 그녀는 남자친구가 자신을 사랑해서 데이트에 돈을 아끼지 않는 거라고만 생각했었다. 명품 브랜드 옷과 장신구도 자신에게 잘 보이려는 센스라고만 여겼다. 그런데 부모님께 인사 가느라 처음 가본 그의 집에서 충동구매로 산 것임이 분명한 물건들이 잔뜩 쌓여 있는 것을 발견했을 때 '이건 아니다' 싶었다. 화장실에서 신는

슬리퍼까지 수입 명품인 걸 보았을 땐 가벼운 현기증까지 났다. 부모님이 재산가도 아니고, 본인도 평범한 샐러리맨일 뿐인 남자친구의 씀씀이로는 도저히 지나칠 수 없는 수준임이 틀림없었다.

남자친구와 이 문제를 진지하게 이야기해본 L은 남자친구에게 저축이 한 푼도 없다는 것을 새롭게 알게 되었다. 그는 정색하는 L에게 결혼하면 자신도 달라질 거라고 했다. 주변에서도 남자들은 결혼하면 정신을 차리게 마련이라며 그를 거들었다. L 역시 그 말을 믿었고, 믿고 싶었다.

결국 그와 결혼을 한 L은 2년이 지난 지금, 엄청난 스트레스를 받으며 매일 이혼 충동에 시달리며 살고 있다. 남편의 낭비벽은 전혀 고쳐지지 않았고 늘어나는 카드 빚 때문에 결혼할 때 반씩 갹출해 얻은 전셋집마저 월세로 옮겨야 할 형편이 되었다. 그녀는 남자가 결혼하면 책임감 때문에 변한다는 조언을 해준 주변 사람들이 원망스럽기만 하다.

내 지인 중 한 명이 결혼할 남자를 소개시켜주고 났을 때, 그녀의 어머니가 허락을 하기 직전 이런 질문을 했다고 한다.

"한 가지만 묻자. 너 혹시라도 그 사람이 결혼하면 달라지겠지 하고 생각하는 부분이 있니? 만약 결혼하고 백 년이 지나도 그 사람의 됨됨이나 습관, 능력 같은 것들이 똑같아도 상관없다면 그 사람과 결혼하는 데 나도 찬성이다."

　그녀는 어머니의 질문에 한동안 대답을 하지 못했다고 한다. 그리고 일주일을 생각한 후 지금 그대로라도 좋다는 확신을 다잡고 나서야 어머니에게 그와 결혼하겠다고 못박았다고 한다. 위 사연의 주인공인 L에게도 그런 어머니가 있었다면 지금 겪고 있는 고통을 겪지 않아도 되었을 것이다.

　사람들은 결혼을 무슨 만병통치약쯤으로 생각하는 경우가 많다. 며느릿감이 마음에 안 들어 결사반대를 하던 시어머니라도 막상 자기 식구가 되면 마음을 바꾼다고 하기도 하고, 바람둥이라도 장가가면 조강지처에게 충성한다고 믿기도 하며, 천둥벌거숭이도 가족이 생기면 책임감이 생긴다고 주장하기도 한다. 하지만 이 모든 믿음들은 아무 근거가 없는 것이다. 아들의 아내 될 사람에게 미운털이 박힌 어머니는 결혼하면 틀림없이 그악스럽게 시어머니 노릇을 단단히 하고, 바람둥이는 영원한 바람둥이다. 책임감 없는 남자가 결혼을 하는 건 여러 사람 인생 망치는 죄다.

　물론 결혼이라는 게 인생에 있어서 결정적인 터닝포인트가 되는 건 사실이다. 그러나 그 자체로 내재되어 있던 문제가 사라지거나 사람이 개과천선하는 건 아니다. 만약 당신이 결혼을 앞두고 어떤 문제를 발견했다면 그것은 당신이 평생 안고 가야 할 문제라는 것을 분명히 알아두어야 한다. 그 문제 때문에 결혼을 포기하지는 않는다 해도, 그

점을 알고 결혼하는 것과 모르고 결혼하는 것은 하늘과 땅 차이이기 때문이다.

받아들일 수 있는 문제만 껴안아라

대부분의 여자들은 결혼할 사람이 정해지면 많은 문제에 대해 예민해지지만 막상 그 문제의식을 행동으로 연결시키는 일은 드물다. 결혼이라는 게 워낙 큰일이기 때문에 '사소한' 문제로 제동을 걸 수 없다는 생각 때문이다. 그런데 그 문제가 결코 사소하지 않은 경우가 종종 있다는 것이 문제다. L의 경우처럼 결혼 상대에게 낭비벽이 있거나, 성적 결함이 있거나, 가족에게 인격적 결함이 있다거나 하는 문제들을 막연히 결혼하면서 나아지겠지 하고 넘겨버리고 나서 결혼 후 엄청난 대가를 치러야 하는 경우가 허다하다. 얼마나 많은 여자들이 결혼에 대한 안일한 생각 때문에 힘든 결혼생활을 견디며 살고 있는지 모른다.

상대방에게, 혹은 그 주변에 당신이 결코 견딜 수 없는 문제가 있다면 그 사람과는 결혼을 하지 않는 게 최선이다. 아무리 사랑을 해도 말이다. 그래도 결혼을 꼭 해야겠다면 그 문제에 대해 단단히 각오를 하고 대책을 세워두어야 한다. 날 미워하는 시어머니를 맞아야 한다면 한 3년간 간 쓸개 다 내놓고 마음을 돌려보겠다는 결심을 하거나 그마저 못하겠다면 이민 갈 계획이라도 짜놓아야 하지 않겠는가.

결혼은 아무런 문제도 해결해주지 못한다는 사실을 결코 잊지 말라. 오히려 새로운 문제를 만들어내는 일이 결혼이다. 다만 사람과 사람이 그 무엇보다 견고한 조직인 가족으로 결합되었다는 충족감이 문제들을 상쇄시켜주는 것이다. 그 충족감으로 충분히 안고 갈 수 있는 문제만을 껴안아라. 그것이 결혼으로 행복하기 위해 당신이 할 수 있는 최소한의 의무다.

결국은 사랑이다

사랑에도 종류가 있다

내가 알던 사람 중 정말 열렬한 사랑을 하는 여자가 한 명 있었다. 그런데 어느 날 갑자기 결혼을 앞두고 그 두 사람이 헤어졌다. 헤어진 이유를 묻자 그녀는 이렇게 대답했다.

"그 사람을 위해 죽을 수는 있지만, 그 사람과 같이 살 자신은 없었어."

십여 년 전 당시에는 그 말을 이해할 수 없었지만, 지금은 너무나 잘 알겠다. 그 여자의 말은 두 가지 종류의 사랑을 압축적으로 표현하고 있었던 것이다. '그 사람을 위해 죽을 수도 있는 사랑'은 격렬한 감정의 이끌림을 동반하는 사랑이다. 노력하지 않아도 저절로 표현이

나오게 되는 사랑, 순간일지언정 세상에 대해 눈과 귀를 닫고 그 사람만을 바라보게 되는 사랑이다. '그 사람과 함께 행복하게 살 수 있는 사랑'은 편안함과 따뜻함을 전제한다. 사람 안의 에너지를 태워 고갈시키지 않고 자꾸만 채워주는 사랑이다.

남녀 간의 사랑은 처음엔 전자의 것처럼 시작되다가 후자 쪽으로 변모해가는 것이 일반적이다. 그런데 사람들 중에는 '죽을 수도 있는 사랑'만 잘하고, '잘 사는 사랑'에는 소질이 없는 이들이 있다. '죽을 수도 있는 사랑'은 과학자들이 유통기한이 3년밖에 안 된다고 결론지은 '호르몬이 조종하는 사랑'이다. 길어야 3년 동안만 사랑을 잘할 수 있는 사람은 결혼 상대로 적합한 사람이 아니다. '잘 사는 사랑'에 소질 있는 사람은 사랑을 위해 인내심 있게 노력할 줄 아는 사람이고 성실한 사랑을 하는 사람이다. 이런 사랑에 소질 있는 사람과는 평생도 사랑할 수 있다.

평생 사랑하기 위해서는 사랑을 포기할 줄도 알아야 한다

전에 나는 여자는 사랑하지 않는 사람과 결혼해도 행복할 수 있다고 말한 적이 있다. 그 의미를 잘못 해석한 많은 사람들이 사랑 없는 결혼을 하라는 말에는 동의할 수 없다고 했지만, 그것은 '죽을 수도 있는 사랑'을 하지 않아도 '잘 사는 사랑'만으로도 행복할 수 있다는 의미였다. 소위 팔자가 세다는 여자들은 항상 '죽을 수도 있는 사랑'에만 매달리는 여자들이다. 수명이 짧고 가슴 아픈 사랑만을 하기에 늘 사랑을 하면서도 언제나 사랑에 목마른 것이다. 그녀들은 그런 고통마저 즐기는 듯하지만 역시 행복과는 거리가 먼 삶이다.

사랑은 중요하다. 사랑 없는 결혼과 가족은 의미가 없다. 그렇기 때문에 사랑을 포기할 줄도 알아야 하는 것이다. 당장은 그를 위해 죽을 수도 있을 만큼 사랑하지만, 그와 함께 그 사랑을 평생 유지하며 사는 게 어려울 것 같다면 지금의 사랑을 포기하는 게 가장 현명한 일이다. 장래성 없는 사랑을 끊어낼 줄 아는 여자들은 보물 같은 사랑의 추억과 행복한 결혼 두 가지를 얻게 되는 셈이다. 20대 때 '너무나 사랑했지만 환경이 안 따라 헤어질 수밖에 없었던' 아픈 기억을 갖고 있는 수많은 30대 여성 대부분이 '그때 그 남자하고 결혼했으면 큰일 날 뻔했다.'고 가슴을 쓸어내리는 것을 보면 결혼과 사랑의 함수관계를 짐작해볼 수 있는 일이다.

지금부터 결혼을 준비하라

결혼은 세상에서 가장 중요한 선택 중 하나다. 너무나 중요해서 '당신의 마음이 시키는 대로 하시오.'라고 말 못하겠다. 지금도 세상의 많은 딸들이 '그때 왜 더 확실하게 결혼을 말려주지 않았어요?'라며 불쌍한 친정 엄마들을 원망하고 있는 현실을 보면 더더욱 그러하다. 아직도 결혼보다 일이 더 중요하다라고 생각하는 여자들이 이 말에 반발심을 느끼고 있을지도 모른다. 그러나 한 번 뭔가가 잘못되었을 때 직업을 바꾸는 것과 배우자를 바꾸는 것 중 어느 것이 더 쉽겠는 가? 결혼은 잘했을 때에는 인생에서 차지하는 비중이 50%정도밖에 안 될 수도 있다. 그러나 잘못했을 때에는 인생의 99.9%가 되어 삶을 쥐고 흔드는 게 또 결혼이다.

자신을 행복하게 하는 선택에 익숙하지 않은 여자들은 자신을 불행하게 하는 결혼을 선택하는 것을 더 편안해하는 경향이 있다. 행복하고 팔자 좋은 여자로서의 결혼을 하고 싶다면, 그래서 이제까지 살아온 날들보다 훨씬 긴 나머지 인생을 잘 살고 싶다면 지금부터 그럴 만한 사람이 되어야 한다.

자신을 소중히 여기고 철저히 자신의 행복에 집중하는 것. 어찌 보면 인생을 잘 살아내는 사람과 좋은 결혼을 하는 사람의 성향은 별개가 아닌 듯도 하다.

20대 여자들에게

어제는 좀 언짢은 일이 있어 기분이 엉망이었다. 그래서 찻집에서 누군가를 기다리며 마인드컨트롤을 하고 있었다. 때마침 옆자리에는 스물이 갓 넘은 여학생들이 차를 마시고 있었고 나는 본의 아니게 그들의 대화를 엿듣고 말았다. 그녀들이 미팅을 나갔다가 낭패를 당한 이야기를 주고받는데, 그 오가는 말들이 어찌나 우스운지 순간적으로 웃음이 나오려 했다. 그 와중에도 혼자 정신없이 웃는 기인(奇人) 취급을 받을 것이 두려웠던 나는 울리지도 않은 핸드폰을 꺼내 들고는 거기에 대고 간신히 참았던 웃음을 터뜨렸다.

그 난감한 상황을 모면하고 나니 기분이 한결 나아졌다. 옆 자리의 그녀들이 발산하는 싱그러움과 생기, 그 자체만으로도 기분이 몹시 좋아졌다. 어제 하루를 그 에너지로 살았다. 난 그녀들에게 빚졌다.

노련하고 명쾌한 30대 여자들은 분명 근사하고 매력 있다. 그러나 내게는 아직 자신만의 멋을 발견하지도 못한 당신들이 너무나 아름답다. 자신은 잘 모르겠지만 당신들에게서는 빛이 난다. 나는 길에서 당신들이 지나치면 눈이 부셔 똑바로 바라보지조차 못하겠다.

그러나 나는 당신들이 아름다운 만큼 행복하게 지내고 있지는 못하다는 것을 잘 알고 있다. 나 자신 아직은 그 시간의 기억이 가슴에서 머리로 옮겨질 나이는 아니니 말이다. 인생 최대의 선택이 집중적으로 포진해 있는 20대가 마냥 편할 수는 없는 일이지만 나는 당신들이 좀더 빨리 방황과 고통을 끝내고 신나게 20대를 즐길 수 있으면 좋겠다. 그래서 지금의 시간도 놓치지 않고 30대 이후의 삶도 잘 준비할 수 있으면 좋겠다.

사람의 의지는 결코 상상력을 이길 수 없다는 말이 있다. 성공한 여성이 되기 위해서는 이맛살을 찌푸리며 이를 악무는 것보다는 성공해 있는 자신의 모습을 꿈꾸며 그 꿈이 이루어질 거라고 믿어버리는 게 더 효과적이라는 이야기다.

당신들의 20대도 콧노래 부르면서 꿈을 향해 쉼 없이 다가가는 그런 것이 되기를 바란다. 진심으로.

초판 1쇄 | 2006년 9월 14일
6쇄 | 2007년 2월 20일

지은이 | 남인숙

발행인 | 최동욱
총편집인 | 이헌상
편집인 | 김우연
기획 | 정보배
본문 그림 | 김로사
디자인 | Design coKKIRI 02-735-1206

펴낸 곳 | 랜덤하우스코리아(주)
주소 | 서울특별시 강남구 삼성동 159번지 오크우드호텔 별관 B2
등록 | 2004년 1월 15일 제2-3726호
편집문의 | 02-3466-8840
구입문의 | 02-3466-8955
홈페이지 | www.randombooks.co.kr

ISBN 978-89-255-0119-2 04810
89-255-0117-1 (set)

Everything of
women's life
can be changed
in their twenties